电脑使用说明书

陈禹成　著/绘

不仅告诉你解决电脑问题和更好利用电脑的方法，
更帮你建立一个能够想出这些方法的头脑。

中国人民大学出版社

内容简介

本书以诙谐幽默且通俗易懂的语言将作者12年软件开发经验、10年写书经验所积累下来的使用电脑的心得体会娓娓道来。

怎样才能挑选出一台质量过硬的电脑？如何正确的使用电脑以减少问题的出现？电脑一旦出现问题时你该怎么办？电脑中病毒后你怎样才能成功的彻底的杀毒？在工作和生活中遇到问题时你该如何善用电脑和互联网来解决问题？等等等等，所有这一切本书都以一种幽默、严谨，同时又引人思考和给人启迪的方式予以了解答。

本书作者自幼喜欢画画，全书配有70多幅或幽默或搞笑的漫画，均出自作者本人手绘。这些笔触朴拙的涂鸦，却流露着机智与思想，充满了生机，更增添了本书的韵味。

只需翻读几页，你就会感到，这本书不仅能帮助你解决电脑和工作中的问题，更会成为你爱不释手的枕边书。任何时候翻开它，你都会忍不住发笑。

这是一本十分有用同时又让人快乐的书。每一个有电脑的人都应该拥有它：）。

图书在版编目（CIP）数据

电脑使用说明书 / 陈禹成著 . —北京：中国人民大学出版社，2011.6
ISBN 978-7-300-13769-8

Ⅰ.①电… Ⅱ.①陈… Ⅲ.①电子计算机－基本知识 Ⅳ.①TP3

中国版本图书馆 CIP 数据核字（2011）第 095451 号

电脑使用说明书
陈禹成　著

策　　划：陈　冰
责任编辑：陈国先

出版发行	中国人民大学出版社		
社　　址	北京中关村大街31号	邮政编码	100080
电　　话	010-62511242（总编室）	010-62511398（质管部）	
	010-82501766（邮购部）	010-62514148（门市部）	
	010-62515195（发行公司）	010-62515275（盗版举报）	
网　　址	http://www.crup.com.cn		
	http://www.ttrnet.com（人大教研网）		
经　　销	新华书店		
印　　刷	北京宏伟双华印刷有限公司	版　次	2011 年 6 月第 1 版
规　　格	175 mm×240 mm 16 开本	印　次	2011 年 6 月第 1 次印刷
印　　张	16.25 插页 2	印　数	7000 册
字　　数	243 000	定　价	45.00 元

前　言

得怎么写这个前言呢，我现在还完全没有头绪，可能是想说的话太多了。

"预备——"

"说"

嘭！

嘴巴张得老大，里面塞着一万句话，谁也别想出来。

还是慢慢来吧，毕竟这本简单平凡的小书已经写了这么久，前言大概也急不得。

写这本书，从有一个想法，到构思，到不慌不忙地认认真真地一个字一个字地敲出来，再到突然心血来潮（抑或画蛇添足？），决心给全书配上自己的手绘漫画（真的，我挺能体会那份心情的，毕竟，好不容易画出了一条挺可爱的绿色的小胖蛇，谁能忍心不给它再画上四条可爱的小胖脚呢），前前后后历时三年。

终于，一切都弄好了，一本乖乖的小书，就这么欢天喜地地望着我，一副精神抖擞急不可待想出去闯闯的架势。

我瞅着它。这小东西，在技术上应该是没说的。不过毕竟还没做过实际检测，得实测一下看看效果。我丢给它几台出了问题的电脑，原本欢天喜地的它立马换成一副严厉又机警的面孔瞅着那几台电脑，提着我特别为它定制的小号工具箱走了过去。一杯茶的功夫，这几台电脑的问题已经给解决掉了，手法干净利索的就像老练的交警处理了几个不遵守交通规则的司机。

行，毕竟我花了这么久把它搞出来就是为了让它干这事的，没让我失望。

技术上的考验是过关了。不过毕竟这小家伙还没见过世面，人家也还不认得它，有必要让这本没见过世面的小书出去见见世面。作为它的创造者，有一点我还得让它明白——作为一个技术高手，必须要学会谦虚，要学会内敛，在这点上它的表现欠点火候。这个世界相当复杂，可不是一本像它这样的简简单单的小说明书晃晃悠悠的就能理解的。

我把这本小书的一部分放到了几个人气颇旺的论坛上，小试身手演练一番后，反响相当不错，收到了大量读者好评。我又把小书的一部分发给了一些业内专家，想听听他们的意见，反响同样振奋人心，收到了好些让人心里热乎乎的评论。

七八家著名的出版社也对这本小书表现出了极大的兴趣，纷纷表示想要出版它。此刻，这小东西还不明白什么叫"出版"，在我给它解释了什么叫"出版"后，它很兴奋，并向我表达了它感到它很需要一次高质量的"出版"的强烈要求。我表示同意，因为这也正是我所希望的。

任何高质量的东西都不能轻易得到，都需要大量的工作。在选定了一家我和它都比较满意的出版社后，在策划和等待这次高质量的出版的同时，我对这本小书又做了一次全面的更新、完善和修改。毕竟，构思和写作前后历时三年，有些内容必须进行更新和完善了。因此，尽管创作历时三年之久，但你手中的这本小书却是全新的，不管你使用的是 Vista 还是 Win 7，或是老的 XP 或 2000，这本书都全部适用。另外，有些读者（其中就包括我妈妈）提出书中的一些插画上的字写得过于潦草看不明白，因此，我把这些出格的文字都重新书写了，让其清晰以便容易阅读。

至此，这本小书已经做好了——用它的话说是一次高质量的"出版"的——准备。我也对它寄予了挺大的希望，事实上简直大得耸人听闻，正像我在书的封面上写的那样——每一个有电脑的人都应该有一本《电脑使用说明书》。

虽然我对这本小书寄予了大的耸人听闻的希望，但市场就是市场，要说一点不担心也是不可能的，毕竟常言道"希望越大失望越大"，因此，大的耸人听闻的希望也很可能意味着大的耸人听闻的失望。

我想跟它谈谈这件事，让它有点心理准备。我把它叫过来，它来了，手里提着我给它的小工具箱，开心的咯咯笑着，告诉我它真没想到维修这些不听话的小电脑能带来如此纯粹的快乐。我点头同意，并用手势让它安静下来，然后跟它说了我的担心。

它的表情由最初洪水般泛滥的欢喜，慢慢减弱为一种毅然决然的高兴，最后变成了一种连续两个月停电般的悲痛，它沉默地点点头，表示它也认为很可能会发生这种事情。我气得差点没背过气去。

就在这时，它突然又咯咯咯地傻笑起来，从身后拿出一张大的有些不成体统的证书，我认得这证书，这是世界顶级计算机维修组织——美国计算机维修小能手协会颁发的"最有价值电脑维修小能手"证书，而我之所以认得这证书，也正是由于它那大的不成体统的个头。

"放心吧，我对自己很有信心，因为我对老大你很有信心"，它咯咯笑着说。

行，好小子，是我的作品。

天色渐渐暗下来了。我想着那些把你带回家的读者，他们在电脑遇到问题时会读你，在入睡前躺在床上时会读你，甚至在卫生间使劲时也会读你。每次，你都以自己高高兴兴的天性帮助他们解决电脑问题，同时还能让他们开心的直冒泡泡。

月亮爬上来了。我想起了写作你时度过的日日夜夜，虽然那些日子都挺平淡的，但你就是诞生在那样的日子里的。

这本书是写给我的，这本书也是写给你的，是写给每一个有电脑的人的。

这本雄赳赳气昂昂的小书已经在你面前打开，望着你，对它来说，整个高质量的出版只意味着一件事——那就是读读它，看它开开心心的帮你搞定电脑问题。

陈禹成
2011 年 3 月 11 日于青岛

读者评论

业界专家评论

高永强（美国加州 Ohlone College 计算机科学系终身教授，Ohlone College 和 Sun Microsystems 公司学术激发工程负责人，《Java 编程艺术》作者）：写一本好书难，写一本人人喜爱的好书更难，写一本人人必备的电脑使用好书难上加难。陈冰先生勇于、善于向极限挑战，他献给读者的又一颗具匠心力作《电脑使用说明书》，就是这样一本必须摆在床头、放在计算机旁的必备好书。

给从大虾到菜鸟、从电脑玩家到半瓶咣当者呈现这样一本书，除丰富的知识和经验、力解读者的渴求、抓住时代的脉动外，陈冰先生的敬业精神、与读者心灵碰撞的动力、诙谐幽默的前卫语言、情景对话图文并茂的生动写作方式，再加搞笑不失严肃、风趣中有着认真，无疑是这本书注定灿烂的几束阳光。

陈冰是用自己的心在耕耘，这一点恰恰是当今许许多多忙于写书出书者所缺乏的。

杨志军（《藏獒》三部曲作者，中国作家协会会员，青岛市作家协会副主席，《当代》文学奖和人民文学奖获得者）：陈冰的领域我完全不懂，但我懂得他是一个奋发有为的人，一个把天分、兴趣、努力和生存相得益彰地组织在一起的人。他知道生活不是赛速度，而是赛耐力，所以他总默默地去做，坚定而扎实地去做。我相信一个精英的起步总是这样。

刘晖（微软最有价值专家，《Windows Vista 使用详解》作者）：这是一本好玩的书，我是笑着看完的。其实很多人在看"有用"的书（不是那些用来打发时间的杂志或者网络小说）时都会感到很枯燥，甚至新买回来的书翻上几页就扔在一边，再也想不起来要看了，但这本书真的不一样！看这本书的时候，不需要沐浴更衣，也不需要焚香顶礼，甚至不需要任何酝酿，随手翻开，随便读几页，不仅能让心情变得更好，而且真的能学到一些东西。

作为朋友和亲戚眼中的"电脑高手",我经常会被拉壮丁帮人装机,并提供后续的所有售后服务。而多年的"售后服务工作"中,几乎每次都需要针对一些具有一定普遍性的问题所困扰。我曾多次给人解释为啥不能单凭"内存不能为 Read"这一条信息判断故障的原因,也曾多次尝试解释为啥同样的硬件,别人的都没问题,他的却已经彻底损坏。这样的问题太多,以至于时间长了之后自己都已经懒得再回答。

看了这本书后才发现,以后自己可以轻松多了。电脑有问题?对方是菜鸟?完全不用担心,推荐看这本书吧,不仅常见问题都说得很清楚,而且这本书的插图也很有趣。陈冰太有才了。

邱彦林(《Flex 第一步》作者):初见《电脑使用说明书》这个书名,确实让我有点摸不着头脑,但几章读下来,我得说,这个说明书"很好很强大"。且不说作者流畅风趣的行文,单单是文中随处显露的生活智慧,就让人回味无穷。全书内容丰富,语言虽幽默但不失严谨,再配上形象生动的插画,读起来轻松惬意,以至于电脑这个冷冰冰的家伙,也变得有些人情味了。

朱晔(微软最有价值专家,《ASP.NET 第一步》作者):《电脑使用说明书》以搞笑的语言和生动的插图解释了从购买使用到保养电脑过程中的各种重要知识。虽然书名中使用了"说明书"这个词,但是此书的内容绝对不是枯燥的说明,而是提炼了各种有用的知识并且结合了作者多年使用电脑的经验构成的一本故事书性质的书。如果你还不是非常了解电脑,绝对应该买来看看。

林智勇(微软最有价值专家,《Windows Vista 之兵法》作者):看陈冰的书就像在看别人的博客一样,语言轻松、自然,思想跟随着他那诙谐的语言而跳跃。就好像茶余饭后随手拿了一份报纸,闲时看看别人的日常博客一样,感觉很自由,很舒服。我看过很多传统的计算机图书,但第一次看到书中的插图原来可以不是截图而是作者自己的涂鸦漫画,看着看着真不感觉是在看电脑书了。

电脑入门最难的是什么?无疑是选择一本适合自己的入门书来入门。买了书之后就能学好电脑了吗?未必。因为不是所有人都对电脑感兴趣,抱着一本枯燥的技术书籍也很少人会看完看懂。因此,很多人都喜欢别人面对面来"教"他/她学电脑，而不是自己来看书。而看这本书，真的可以感觉作者是在与读者在对话，在面对面地传授电脑知识，因为作者在书中的语言就像日常交流一样，这无疑让读者非常容易接受并入好"门"。

王琛（微软最有价值专家，中国最大 Windows Vista 论坛远景无限的管理员，《精解 Windows 7》作者）：当看过这本书的样章后，我有一种很强烈的感觉，作者在与我面对面的交流。我在远景论坛置顶了这本书的样章，得到了会员的强烈好评。通俗易懂、幽默的语言和趣味的插图，让计算机初学者带着乐趣去学习。无论对于"大虾"还是"菜鸟"，它都不单纯是一本计算机图书，你在睡觉前可以翻翻它；当你在心情不好时，它会是你的朋友。

刘明伟（中国最大 Flash 论坛闪吧版主，《Flash 与后台》作者）：相信凡是当过陈冰作者的人都有这样一个感觉，他的书是以幽默好懂而著称的。但我却从没料到，他竟可以在这本《电脑使用说明书》里把一些原本枯燥难耐的概念用语言和图画表现得如此淋漓尽致。

陈冰当过我的编辑，虽然这已经是一年之前的事了，但他对作品那种力求完美的态度和要求至今仍历历在目。这本书秉承了他作品的一贯风格，完美得可怕，并且将幽默和可读性发挥到极致，我相信即使是我的老爸老妈，两个对电脑知识完全为零的老人，也会捧起它津津有味的读完。

这就是陈冰本人，乃至本书的魅力！

吴亮（中国最大 JavaScript 论坛无忧脚本的版主，《JavaScript 王者归来》作者）：本书作者以诙谐幽默的语言解释了在购买、使用和维护电脑的过程中需要注意的种种"小事情"，而这些不起眼的小事情，正是 99.99% 的稀奇古怪的电脑问题的根源（另外的 0.01% 可能真的是由于上帝的恶作剧）。我想这本书是为电脑的初学者和初级用户们准备的。然而，也许，也许不仅仅是这样，因为即使如像我一样自认为靠电脑为生的老手，也有不慎把牛奶倒入笔记本键盘里的那一天。人总是会犯一些错误的，所以感谢有这样一本优秀的书，至少能让大多数普通人不至于在自己或他人不经意的犯错之后，面对着电脑束手无策。

黄海（微软最有价值专家，微软 Office 专家俱乐部会员，《Excel 公式、函数、图表、VBA 一本通》作者）：《电脑使用说明书》以通俗风趣的文字向我们介绍了电脑的使用，读完该书你或许会摇身一变成了同事和家人心目中的"电脑专家"，当然，如果你已经是电脑达人，买来送给经常"烦"你电脑问题的长辈也不失为聪明之举：）。

赖仪灵（微软最有价值专家，《深入解析 ATL（第 2 版）》译者）：进入电脑世界的必备读物。本书引导我们逐一开始了解使用电脑的各个基础方面。作者真正从一个用户的角度分析了我们在使用电脑过程中可能面临的问题。从硬件到软件，再到软件的使用，都是我们需要了解的问题。从我们准备使用电脑开始，本书对购买电脑、安装，以及后续可能遇到的问题都进行了分析解决。同时教会了我们如何保护电脑。更为重要的是，本书对电脑应用过程中可能遇到的问题做了详细的讨论，让我们可以学习进一步解决电脑问题的能力。

程杰（高级工程师，《大话设计模式》作者）：过去我们总说，生活就是吃喝拉撒睡，但如今可能对于很多朋友，特别是拿起本书正在翻看的您来说，除了这些行为，您的生活中一定还有一个每天必不可少的事情，那就是使用电脑。电脑已经成为我们生活中非常重要的电器，而使用电脑也成为最重要最花时间的日常行为。但是很遗憾，大多数电器基本只要阅读一遍不多页数的说明书就可以掌握它的功能，而电脑却不行，它成为了家中最复杂的电器。

为什么没有一本电脑使用说明书呢？我曾经到处寻找，可是遍历书店里多如牛毛的电脑教材，却没有一本可以完整的解决我所面对的问题——直到陈冰的这本《电脑使用说明书》的出现。

当我拿到这本书的样稿和目录时，只看了一章，就感觉相见恨晚。过去我由于太过于相信硬盘的安全，而导致多年的数码相片全部丢失，如果此前看过本书，早早将相片刻录成光盘就可以避免这惨痛的损失。关于本书，且不说作者的文字如何幽默，如何优美，单就知识而言，我这个用了电脑十多年，自我感觉算是专家的人，还是需要向它学习很多。

如今生活除了吃喝拉撒睡的高品质外，的确需要增加一项，那就是最合理有效地使用电脑，让它为我们提供更加舒适安全稳定的服务，因为我们的生活离不开它。阅读《电脑使用说明书》，您还在犹豫吗？

罗会波（高级工程师，《JSF 第一步》作者）："发于点滴，行于心田"

这是拜读过陈冰先生的新作《电脑使用说明书》的目录和样稿后不由自主想起的句子。

曾几何时，电器在人们的心目中都是一些功能比较单一的东西。无论是家用电器，比如电视机、空调以及电饭煲，还是办公用品，比如传真机、复印机等都是功能比较单一的。与之对应，它们的使用说明书也是很简单的。而电脑的出现则彻底地颠覆了人们的这种传统观念。电脑跟孙悟空有些相似。它一会变成影碟机，一会变成 CD 机，一会变成打字机，一会变成游戏机，一会又变成……；在互联网上，万里之遥的信息眨眼的工夫它就能信手拈来。面对这样一个变幻多端、神通广大的机器，一个新用户的手足无措是不难想象的。要驾驭这样一个机器，一本好的说明书无疑是非常必要的。但是要写出一本这样的说明书绝对存在相当大的挑战。幸运的是陈冰先生敢于直面这种挑战。他将多年积累起来的电脑使用经验和教训（这些经验和教训既有直接的也有间接的，如他朋友的和他父亲的）进行分类整理，并通过充分地酝酿创作了这本奇特的《电脑使用说明书》。

这里之所以说是奇特的是相对传统的一上来就介绍二进制、CPU 的工作原理等电脑指导书而言的。用这种传统的指导书来指导用户使用电脑就好比用物理学教材和机械工程的教材来指导汽车司机来使用汽车一样滑稽。因此，这本奇特的《电脑使用说明书》无疑会给广大的电脑用户带来实实在在的帮助。

该书在我看来有如下一些特点：

首先，详略得当。比如介绍显示器的选购上，没有拘泥于各种详细技术指标泛泛而谈，而是择其最重要、最直观的一些内容如变形、坏点等来加以详细地介绍。这样就让电脑用户尤其是新用户能很快抓住主要矛盾而不是在次要矛盾上纠缠不清。其次，介绍了一些重要的而又容易被常人忽略的问题。这样的问题有很多，给我印象很深有对电脑电源的介绍、安装杀毒软件的重要性、保存信息的方式及不良编程对电脑的影响等。这样使得该书不仅适应电脑新用户阅读，就是对许多有一定经验和基础的电脑用户也很有参考价值。比如，许多资深的电脑用户不明白看似弱不禁风的纸张比看似坚不可摧的硬盘更能长久地保存信息的道理，从而在实践中酿成不可挽回的丢失信息的损失。

再次，语言幽默、图文并茂。大多理科背景的人往往语言比较刻板，而本书的字里行间则透射出陈先生深厚的语言文字功底。书中不时出现的一些漫画式的插图（不知样章中的图片定稿没有，虽然这些图片能体现作者的主旨，但最好请专业绘画者加工一下。也算是我的一点小建议）与文字相辅相成，相得益彰。常言到"知之者不如好之者，好之者不如乐之者"。在阅读这本书的过程中会让人感到乐在其中。最后，还有相当重要的一点就是作者始终站在读者的立场上来看问题，时刻不忘为读者着想。说实话，要做到这一点是很不容易的，我在这方面深有体会：我在编写《JSF 第一步》时，陈先生是责任编辑，他虽然是编程经验非常丰富的高级程序员，但在审稿时他始终站在一个普通读者的角度来阅读我的书稿。对书稿如何站在读者的角度来表达给出了许多有价值的具体的建议。在这种交往的过程中也发现陈先生是一个非常坦诚、办事认真和充满自信的人。以往他写的书和他负责编辑的书大多成了畅销书。这些书之所以畅销，我想除了书的内容外，这种始终站在读者的角度来思考和阐述问题不能不说是一个非常重要的原因。只有这样才不至于自说自话，也只有这样才能引起读者的共鸣，达到与读者心灵交流的目的。正可谓："融于交流，盛于久远"。

相信这本奇特的《电脑使用说明书》会给我们大家带来新的惊喜。

周礼（高级程序员，《C# 和 .NET 3.0 第一步》作者）：很少有电脑类的书籍能如此幽默、风趣和不失内涵，不管你是电脑专家还是"门外汉"，此书都会给你带来启迪。

这是一本介绍电脑硬件、软件、使用、病毒防治等内容的书，作者以诙谐的笔法、睿智的语言告诉了我们应该怎样驯养电脑这个"小毛球"。

朱印宏（《CSS 商业网站布局之道》作者）：前几天网友给我发了一个帖子，帖子的名称是"关于老婆的使用说明书"，很是搞笑。现在我再帖出来，让你也笑一下：

【品　　名】妻子

【通 用 名】老婆

【化学名称】已婚女性

【成　　分】水、蛋白质、脂肪、核糖核酸、碳水化合物及少量矿物质，气味幽香。

【理化性质】酸性；可分为一价（嫁）、二价（嫁）、三价（嫁）......n 价（嫁）。易溶于蜜语、甜言；遇钻石、名车、豪宅熔点降低，难溶于白丁。

【性　　状】本品为可乐状凹凸异性片，表面光洁，涂有各种化妆品、对钻石、铂金有强烈的亲和力；羞涩时泛红，生气时泛绿，随时间推移表面会出现黄斑，起皱，但不影响继续使用。

【功能主治】主治单身恐惧症，对失恋和相思病有明显效果，亦可用于烧淘洗买、带孩子。

【副 作 用】气管炎、耳根软、视疲劳、行为受阻等。严重不良反应者，可致皮肉损伤。

【用法用量】一生一片。

【禁 忌 症】公开服用二片或二片以上。

【注意事项】肾功能不全者慎用。

【规　　格】35 千克至 N 千克，片重超标不影响使用。

【贮　　藏】常温下保存。避免与成群女性、单独帅哥相处。严禁在外过夜。

【包　　装】各种时装、鞋帽、首饰、手袋，随季节变化更换。

【有 效 期】至离婚日止

【批准文号】见结婚证

【生产日期】见身份证

【生产企业】岳父岳母

笑了之后，我很惊叹于作者的创意，不过笑完之后也就过去了，这倒让我想起了另一本说明书——《电脑使用说明书》，它是陈冰先生最新力作，一直在他的博客中连载，我也是每期必读，读完之后收获不小。

《电脑使用说明书》是讲述电脑使用的一本小册子，虽叫说明书但是内容可不是注意事项的罗列，而是针对电脑使用中一些盲点问题进行针砭，我觉得用"说明"不够妥当，倒不如说是小品文。内容细腻，语言亲切，风格幽默。你能够很轻松地阅读，很愿意去亲近，阅读之后能够略有所思，感觉的确就是这么回事，但我以前却为什么没有注意这些细节呢？

确实如此，生活中有很多细节，看似无关紧要却又很重要，相信陈冰先生的这本书一定能够给你带来很多电脑使用方面的启示和警醒。

向怡宁（摇滚乐队吉他手，电脑游戏策划，UI 设计师，《就这么简单 —— Web 开发中的可用性和用户体验》作者，《瞬间之美 ——Web 界面设计如何让用户心动》译者）：这本书就像是为我写的……虽然我每天都会面对电脑 10 小时以上，但我还真不太认识这玩意。拿着这本书就好像你多了位高手随时陪伴左右——而且更重要的是，他很耐心。

包善东（交互设计师，软件工程师，大提琴与钢琴演奏员，《更锋利的 C# 代码》作者）：对于一个从十多年前即开始一家三口用电脑的人来说，这本书实在是让人相见恨晚。它完全颠覆了我对"计算机书籍"概念的认识，并且让我深深体会到，并不是每个普通用户都希望将自己变成专家，他们真正需要的，是像这样一本既能解决问题，又让他们感到信心十足、乐趣无穷的好书。

涂曙光（微软最有价值专家，微软专业解决方案部技术专家，MCPD—— 微软认证专业开发人员，MCTS—— 微软认证技术专家，《Office Sharepoint Server 2007 开发入门指南》作者）：虽然市面上已经有不少写给普通电脑用户（我父亲就是一个普通电脑用户，他在电脑上使用最多的就是 Word 和 QQ 游戏之类的软件，同时感到电脑神秘无比）的书籍，但它们或者太过专业，或者实用性太差。但本书是一个惊喜！它的内容恰似其书名一般，确实是一本写给普通电脑用户的日常指导书，简单，却实用。书中每个章节所描述的，都是普通电脑用户每天都可能遇到，而且会让他们感到头疼的问题。本书的另外一个额外惊喜则是，它的文字还将会给读者提供很多的阅读乐趣。

顾经宇（《就这样享用 Word》作者，医学博士）：我阅读《电脑使用说明书》后，有两个强烈的感觉：①哈，这正是我早就想写的书！——这正是我 2002 年出版的《其实你还没懂 Word》之自序 4.2 小节所提出的电脑技能 5 层楼的地基～2 层，是广大电脑用户真正值得掌握的实用技能，正是我 4.4.2 小节所说的原计划中想首先写的书！遗憾的是，写完《其实你还没懂 Word》后，我再也没能抽出精力写其他电脑书，但，其实心中一直未能割舍那些计划。②嗯，我终于可以无憾地放弃那部分计划了！——现在、终于，可以放弃我当年计划中的地基～2 层了。因为，现在、终于有了陈冰写的这本书；而且，这是一位有 10 年软件开发经验、7 年写书经验的实干家和多面手，这本书确实紧贴实用又生动活泼，那么，我可以无憾地放弃我的同类计划了。

王蒙（当当网市场部经理）：这是一本有趣的电脑书。把"有趣"和"电脑书"联系起来的艰难程度，从十几年来数以万计晦涩枯燥的电脑书中便可见一斑。现在，你终于可以在上下班的公车上、临睡前躺在床上甚至坐在马桶上，看一本电脑书了。这是多么实用的消遣啊。

欧振绪（《一学就会魔法书》丛书策划编辑）：陈冰是一个执着的人，也是一个激情四射的人。他的作品和他一样，富有激情，幽默风趣，充满智慧，无处不体现出对读者的关怀。

中国最大 Windows Vista 论坛远景无限置顶帖子回复

gonghao：很好很强大，很实用的初级入门书籍，偶有时间一定好好看看补补课。

skivet：太有才了！

XinDOS：这个送给我的菜鸟朋友们，当然，我也是菜鸟☺。

独持偏见：电脑用的时间也不短喽，感觉自己好像还有很多基本的东西都没弄懂。

yjpqnxy：很好，很实用。

fervor：很适合刚刚接触电脑的人。

semine：真的是一部好可爱的书，用了快 10 年的电脑，也不敢说自己都懂了。

啊哈呀：确实如此啊～很是喜欢这本书～也想拿来收藏了～～希望打包下载啊～有空一个人静静的时候慢慢欣赏～～～

mmrrnn：很想看到全部内容。

wkkakk：我喜欢看这书，很期待连载。

小狸猫：严重支持，出书吧。

wfplovexh：还有吗，写得相当经典！

zefeng：有味道的书～

桀紫狼：哈，不错呢，搞回来让我爸妈看，哈哈。

鸟无音信：这个给我爸妈用最合适。

tubgf：很强，太有才了 ☺☺。

cfanchild：这本书很强大。

shynne：很好，很强大！期待 ING。

aidelingyu：好东西……嘿嘿……

icougar：呵呵，内容深入浅出，有点国外书籍的味道，赞一个。

yzy-lxhy：严重支持中……我强烈建议把它做成电子书下载好吗……其实我们大家都需要的 o(∩ _ ∩)o。

lorens：好强大的书啊，一定要学习学习……

风中的脚印：果然很强大，哈哈！

michaelio：讲得很细很透彻啊。

comet：好书！在工作忙得头晕脑胀之余，多看此书，可以达到放松的目的～！

Vista.WB：受益良多！谢谢楼主的付出！

fashuo：绝对好的教程，希望这样的教程能一直写下去。

不信任爱：好书呀，很基本，却很实用！

dnlmy：这样的文章你也能写出来～真是人才啊……估计刚学电脑人看了会很感兴趣的。

zenru：很惭愧啊，我发现这个贴子置顶了几个月了，但每次我的眼光从它上面扫过就极力抑制进来看看的念头。但，今天实在是无聊透顶了，进来看看，却一口气把它看完了。是个好帖子。楼主关于液晶屏幕的清洁方面的论述令我受益了，另外希望能说一下机箱内部灰尘的清理问题。我去年冬天（升级配置）弄坏了块主板，不知到底错在哪了，至今耿耿于怀啊。

天堂你的歌：不错的帖子，真要好好学习一下。

翔龙：很不错的书，谢谢楼主！

destiny_myway：很有意思，谢谢分享。

sdyckf：诙谐、轻松的话中把需要注意的问题都讲清楚了，不只是新手要看，对老鸟也有一定的帮助。

xenox：写得真是太好了，通俗易懂，等到书正式在书店出售后，一定去看看。

yexp：我已全部看完了。很有意思的。建议准备装电脑的人都要先看看的。对具有一定使用经验的人也有参考价值。支持！等待中。

liyufeng：还有这种书！不能不看啊！

daytona：很生动，容易看明白。我是那种被身边朋友称作高手的人，在这书出版之后我会推荐我的朋友、客户购买。对于某些人我会掏钱买了送给他们，这样我可以多活几年！

闲云不雨：估计是史上我看的最认真的一本电脑书⋯⋯

hbyczj：很好很强大。

luikunru：很强很暴力！一定要顶上去！

kklein：史上最强的一本笑话书⋯⋯电脑使用说明书。

东北风 1：什么是科普 —— 就是用最直接、最简单的语言说明最复杂、最高级的科学知识，谢谢大作！

yyh0301：作者太有才了。

作者博客评论

搜狐网友（后来知道是我妈，哈）：我还没看正文就忍不住要说两句，太有意思了，只目录就让人开怀发笑，除了幽默就是干脆利索，没一句废话。不像很多计算机书净说些人家已知道的，想知道的总是找不大见。这真是一本叫人期待的书。在此就先谢谢作者了。

CSS8：看了不错，继续期待。呵呵。依然保持《Flash 第一步》一贯的风格。思想有点朝鲜冷面的口感，拌有酸辣粉的味道；语言干净、利索，冷幽默，有点崔永元的味道。

挑灯看剑：看了你新作的目录就隐隐地感到，将诞生的会是一本 IT 图书佳作。从每个小标题上完全可以读出，节与节之间思维的逻辑非常缜密。作者是站在一个相对积累丰厚的层面上，鸟瞰走过的路程上曾经有过的峰回路转；是立于一个普及科学和技术的高度来节省更多的资源的原创动力。业界会给予期待，读者会给予期待。

从小标题的用语亦见作者一贯的幽默文风，亦望继续发扬之；但要杜绝时下泛滥的网络腔；诙谐而不失庄重，调侃而又给人启迪，字斟句酌方见风度。借用稼轩词《水调歌头》中的一句来结束这段议论：万事几时足，日月自西东。无穷宇宙，人是一粟太仓中。一葛一裘经岁，一钵一瓶终日，老子旧家风……

钦而二：《电脑使用说明书》就这书名就已经开始了智慧和冷幽默。期待中。

Messiah Book：Nice! I think everyone（like me）can understand this, and when he read this book, nobody will be timid about the computer's problems any more. You did a wonderful job, man.

Richard Bao：我应该给我的父亲买一本这样的书，不然他总会把计算机的错误怪罪到我的身上。不记得哪本书上说过：……往往是你按了某个键之后，计算机正好崩溃了。其实这两件事只是巧合，并没有实际的关联。

搜狐网友：继承了以往的陈式风格，很幽默易读。

惊鸿照影：我是一位电脑的初级使用者，早想找一本有关使用说明的书，揣在兜里，帮我解决使用电脑过程中的苦恼。该书能实现我的愿望？开篇挺有趣，但我耐心不下，只想快点跳到第三章——啥时才能看得到？挺急人。

HBrO：呵呵，有点科幻小说的感觉。

风向标：每个小节都直奔主题，诊断切中症结所在没有废话，让人信服。不是高手如何断的？每个小节读起来都很畅快，非但没有让人费解之处，反而欲罢不能非得一口气读完不可，真奇妙呀！

搜狐网友：精辟，对编程的见解很有见地。引用一位精于编程的业内人士的话：其实在很多情况下，编程过程往往是一个笨蛋，领着一群糊涂虫在稀里糊涂地干。

新杰：很精彩，我看电脑书已经很久没笑过了。

过客：写科普，能用通晓的语言说明事理就不容易了，能用诙谐幽默的语言说明事理就更不容易了，能说明事理又让人感觉到美的情趣那就更更不容易了。博主的文章似乎处处透着上述三方面的信息。只是有些不太明白，或许有点不太习惯——为什么书名要选一个"使用说明"呢？

过客：好极了——冷幽默从书名就开始了。明白了博主写书的目的——没有人给我写，我只好自己给自己写了。

忽然想起一个笑话：秀才的儿子啼哭不止，闹觉。乳娘无奈，便向秀才借书哄孩子睡觉。秀才不解，乳娘说：平时你不是一看书就睡觉？

虽是个笑话，但有些书本身就有催眠作用。本人常常失眠，只要找本枯燥无味的书看一眼，便就昏昏入睡了。计算机应用基础就是本人必备催眠之书。但躺在床上准备入睡之前，我万万不会看你写的书，甚至会把它扔得远远的，否则，我睡不着。

还是觉得书名有点那个。我宁愿把它当作科普看。

谢谢博主对我的看法竟这么认真。从小事情上，体现出一个人的作风和风格。

walktree：很幽默，哈哈。很多时候，正是杀毒软件对病毒顽强的抵抗造成了系统发生致命的错误而彻底崩溃。这句话很有道理！

过客：有经验的专家，往往不屑体验外行们低层次的苦恼，但恰恰这些低层次的苦恼又是他们急于解决的"大问题"。大溪水的电脑文章恰恰又是从这些细微之处，来给读者解决最实际的问题。想必作者也是一路走来的人，要不怎么那么切中肯綮呢？

现在一些电脑书籍的写手，缺少的就是把自己经验体会融进枯燥的理论之中，仿佛他们是为自己写的，而不是为读者写的。

搜狐网友：形象生动亦有趣。

搜狐网友：写得好，呵呵 ~~~ 门外汉一看肯定喜欢死你了。

登山十八盘：关于劣质电源的描述和定义，非常的准确！把这些谁都不会注意到的问题，或者说谁都不会去认为它会是一个问题的问题，拿到桌面上来探讨，是需要费一番思量的。其出发点就在于对读者心存关爱，把读者真正当回事！写什么？将哪些问题纳入自己的关注焦点？对哪些问题必须重新给于评判和界定？甚至给以甄别？问题众多，出发点却只有一个，那就是对读者要确有帮助！

连续读了八篇连载，有这样一点体会，说出来和大家一起分享。

夜游神 37：讲得很有道理，内在的东西往往被人忽略……

虽然自认为玩电脑 7 年多，属于进阶用户，不过看了这个连载后，确实感到这个是实用的"书"，说到用户的心坎上，有些问题真的深有体会！支持！

继续关注博客的 RSS，哈，加油！

向往自由自在：不错，有很多细节我们没有注意，看了你这些文章我们更了解了。

笨鸽子的猪圈：俺是个十足的电脑盲，只会傻瓜式地进行操作，理论浅薄。这下好了，遇到问题不用乱跑了，来你这儿全齐了。

溪水边的树：《电脑使用说明书》一到八我是一气读完的，靠在椅子上读，读着读着身体不自觉就坐直了；读完之后还把写的生动的地方挑出来让朋友看，她看完说挺好的，我仍于心不足。

溪水边的树：不知道您有没有这样的时候，就是：读到自己喜欢的文字时，既想快点读完它，又怕太快读完它，因为受到的启发，因为带来的乐趣。总之会很开心。

希望这本书快点、快点出版；这样即使读完了，我也可以感到安慰，因为只要我再想读时，就可以随时把它抓在手里，翻一翻。

搜狐网友：看了十节了，很有意思。等待中。

感　　谢

　　谨以此书，献给养育我的父母。尽管我是那么的不让人省心，待人接物上也常常是一副脑子不够用的样子，但你们总是一如既往地对我充满希望。

　　感谢给我写评论的专家，你们在繁忙工作之余认真地看了这本小书的样稿，给予了它真诚的评价和推荐，你们的每一个评价都是一枚小勋章，别在了这本小书的胸前，让它更加的气宇轩昂。

　　感谢众多网友，尽管我不知道你们是谁，在哪里，但真的很高兴你们喜欢这本小书。知道吗，收集你们的回帖是我的一大乐趣 ^^。

　　感谢北京犀水文化传播有限公司和中国人民大学出版社，你们认真负责的工作成全了我和这本小书所共同追求的高质量出版。

　　最后，特别要感谢所有喜欢这本书的读者，你们的喜欢让所有这一切的努力，所有这一切的工作变得有意义。

目　　录

第 1 部分　电脑本身出现问题时

第2部分 遇到非电脑本身的问题时

第6章 我要在网上查某某事物或某某人 193

第1部分

电脑本身出现问题时

是人都会犯错，不过要想把事情彻底搞砸还得请电脑出马。

——Paul Ehrlich

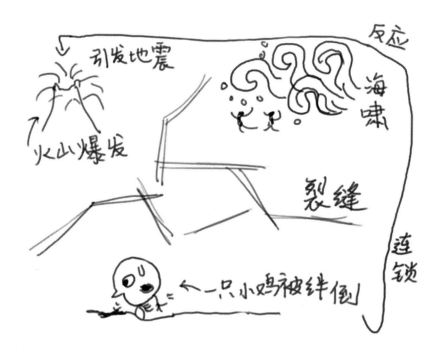

引发地震

反应

海啸

火山爆发

裂缝

连锁

←一只小鸡被绊倒

当这个脆弱的小生命猛然间从温暖的测试环境来到凶险的 Windows 自然界时，大自然恶劣的环境及各种举止怪异的猛兽和大型食草动物会立刻让这个小生命惊恐地抖作一团。

第1章

我的电脑又出问题了

是的，这正是你购买这本书的原因。

电脑，众所周知，强大、美观，而且用处极大，但也众所周知的，总是在你意想不到的时刻出现这样那样的问题。每当它出现问题时，它就一反常态，由温顺体贴变得面目可憎，不仅对你下达的任何命令都置若罔闻（正忙着它自己的那摊事情），甚至恶劣到会往地板上吐唾沫。

本书就是教给你如何在这种情况下驯服这匹烈马，让它重新变成一只可爱听话的小毛球。

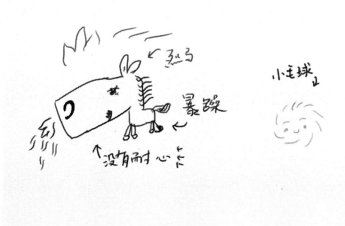

1.1　电脑为什么会出问题？

Oh！ My God！

OK！如果你现在很急的话，你可以立刻跳到后面看第三章——"电脑出现问题时我首先该做什么"。当然，如果你不是很急，或者说情况已经糟到你急也没用了，那也不妨看看这一节，很多时候，当你知道了某件事情的原因后，你会觉得它不像原先那么可恶了（当然，有时情况也正相反）。总之，权当是休息吧。

1.1.1　硬件方面的原因

电脑为什么会出问题？首先让我们开动脑筋，想一想电脑是谁造的。没错，人，你我这样的普通人。而所有人造的东西没有一样是靠得住的，这也是众所周知的。而且，我不知道你是否曾打开过电脑机箱看过电脑的内部，没错，就是那些多少有些让人反胃的线缆、硬盘、主板什么的，如果在此之前你没有看到过一样真正能配得上"电器"二字的设备（手电筒和剃须刀不算）的内部的话，那你很可能会对主板上密密麻麻的成千上万个小元件感到吃惊，你会很惊讶"人"竟然能制造出这么精密的东西，有些不小心看到这一幕的儿童可能会因此树立起将来要立志成为一名电脑设计师这样的理想。当然，也不排除另外一些人会对外表那么光鲜亮丽的电脑其内部竟然裸露得如此寒酸打心眼里感到失望。

有点跑题了，让我们回到主题。在看过电脑内部后，你可能会很担心的意识到，只要这成千上万个小元件中有一个故障了，你的电脑就会出问题。抱歉，我误导你了，这些看似很精密很脆弱的小东西其实很可靠（但我并不是在暗示你可以用手去掰那些小电容），只要给它们适当的电流、电压，它们很少出问题。

但如果遭遇到突然的打击，比如一股可以让你家的白炽灯亮度猛增的汹涌的电涌，就可能将你的电脑中某个昂贵的小部件烤焦。

而且，正如我前面刚刚说过的，只要是人造的东西就注定是靠不住的，尽管设计电脑毫无疑问是件很费钱的很严肃的事情，但有时上亿美元的研发费用凶猛的燃烧也会将某些研发人员脑袋中的某个小部件烤焦，从而在极度严肃高度紧张的情况下设计出一些很荒谬的作品。

我本人曾用过的一台东芝笔记本就由于其散热系统出色的保温设计将我无辜的书桌烤糊，剩余的部分火力则倾泻在自身的屏幕上，将其外壳烤软变形。

此外，你所使用的电源插座、机箱里所配备的电源的质量和设计、你把电脑摆放在一个怎样的环境中，以及你使用电脑的习惯都会在很大或一定程度上影响你的电脑的硬件使用寿命和故障率，这些我将在后面章节中分别进行详谈。现在，让我们来看看软件方面的原因。

1.1.2 软件方面的原因

除不可抗力外，电脑所出的问题有 1% 是来自硬件方面的，其余的 99% 则来自软件。你可能会奇怪为什么会有这么多的软件问题？病毒、木马，以及流氓软件等邪恶势力所引起的破坏自不必说，即便是开发初衷完全无害的程序也经常会导致一系列的问题，其最主要的原因之一，因为有好几个最主要原因，其最主要的原因之一是开发这些大大小小的软件的开发人员的水平是参差不齐的。

一般大众经常会认为能写软件的人都是很了不起的，但实际情况并非如此。正如厨师不计其数，但名厨只是凤毛麟角。一些由于种种主观和客观原因而导致责任心缺失的软件开发人员在老板的压榨模式和封闭开发状态下（没有 QQ、没有 MSN、没有电话，只有大量的垃圾食品和永远不足的睡眠）忙活他手头的那个软件或他所负责的那个模块时，唯一希望的就是编译（把人能看懂的代码变成计算机能看懂的程序）能够通过并产生他所希望的结果，只要这步工作完成了，这个胡子拉碴满脸倦容的程序员就会啃上几口汉堡赶紧进行下一部分的工作，而把测试软件健壮性的工作推给测试人员。

而不负责任的测试人员唯一祈祷的就是上帝保佑这段程序不要测试出问题。

尽管软件业一直在不断提出和实施各种先进的开发思想和开发方法来不遗余力地提高软件的质量，这些先进的思想和方法包括设计模式、敏捷开发、极限编程、单元测试、重构、UML 等等等等，以后还会有更多的新名词出来，总之，都是一些令大众感到高深莫测很有技术含量的东西。但现实总是残酷的，考虑到压榨模式考虑到封闭开发考虑到种种因素，要想让软件的开发是经过充分设计和充分测试的，几乎就是不可能的。

因此，当这个脆弱的小生命猛然间从温暖的测试环境来到凶险的 Windows 自然界时，大自然恶劣的环境及各种举止怪异的猛兽和大型食草动物会立刻让这个小生命惊恐地抖作一团。弱肉强食，它必须适应。渐渐地这个小家伙摸到了这个世界运行的规律，那就是——没有规律。它甚至发现连它本身都是个厉害的角色，有时候它自己走路不小心被拌了一下，都能让离它很远的一头大型程序瘫痪，甚至能让整个大自然都在极度的惊骇中瞬间土崩瓦解。

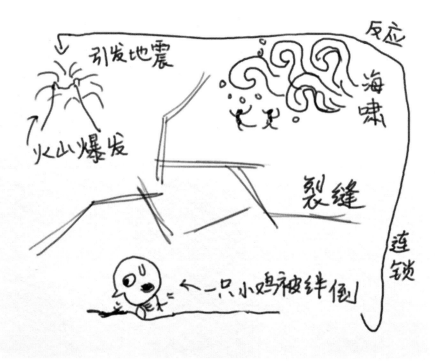

　　我想说的是，软件并不是什么特别精细的东西，不是像你可能以为的那样不小心删掉了程序中的一个小字母，比如说"baby"的"b"吧，整个程序就不能运行了。相反，在这种情况下，程序通常都会照常运行。有时甚至你删掉程序中的一大片代码，程序依然可以正常的工作（至少看起来是这样），原因可能是这段代码正好落在一个不太容易被执行到的条件分支语句中，也有可能本身就是程序员遗留在代码中的一些没有用到的变量、函数、子程序或其他没有多大用处的东西。

　　为什么要在程序中留下这些没有用的代码呢？原因是复杂和多种多样的，有的时候是程序员随手声明了一个变量，写了一个函数或子程序，但后来忘记使用它了，在睡眠不足精神恍惚的情况下这种事情是很可能发生的，还有的时候是程序员想到了一个更好的主意，这个新主意压倒了原来的那个老主意，于是伴随老主意而存在的一切都立刻变得毫无用处，数十个曾经指向它们的调用也纷纷转而指向别处，这些曾经风光一时的老代码就这样被丢弃和遗忘在茫茫程海中了。

　　在恍若隔世（也确实隔世了）的上世纪八十年代就已出现但目前仍被

称为最先进的软件设计思想的面向对象的软件开发中有一个很重要的概念叫"封装"。封装，一个初听起来相当酷的名词，我试着解释一下什么叫封装。想象一个设计精巧的用来剥榛仁的机器，它有一个进料口，你把一个榛子扔到这个进料口中，然后你就会看到这台机器中的一个小钳子式的装备轻巧的一夹就使榛子壳崩开，随后，榛子壳和榛仁通过传送带的有节奏的振动自动的分离，可爱的香喷喷的榛仁从出料口中滚了出来，落在你心满意足的手中。现在，出于安全和方便使用的考虑，我们要对这台剥榛仁的机器进行封装，把它放入一个外表漆黑的封闭的盒子中，然后在盒子上开两个口，并告诉你，这个就是进料口，另外一个就是出料口，你依然是在进料口扔进一个榛子，里面一阵骚动，过了一会儿，你从出料口中得到一个榛仁，这个榛仁看起来剥得还不错，好像也挺干净的，但你永远不会知道在进料口和出料口之间，在这个漆黑的盒子中到底发生了什么事情，是原来的那台机器在剥，还是一个对生活彻底失去希望的蓬头垢面的流浪汉用大牙咬开的。

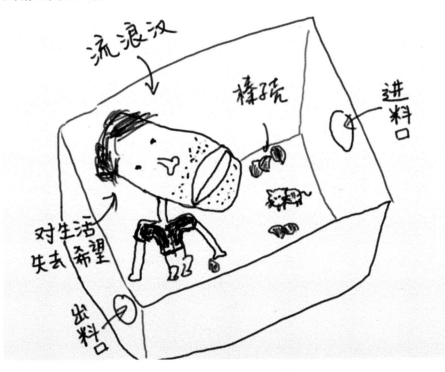

你每天使用的软件的情况大致就是这样了，勤劳勇敢的程序员们编写

了它们，里面有精彩的段落，也有愚蠢的错误。

1.2 为什么有些人的电脑就很少出问题？

不得不承认，确实有些人的电脑很少或几乎不出问题。不管你的电脑如何疯狂发作，那些人的电脑总是相安无事。研究一下这究竟是为什么是很有意义的。

1.2.1 因为有些人没有电脑

我知道你看到这句话时可能想去捡砖头。但你不得不承认，那些没有或不使用电脑的人确实一劳永逸的解决了这个问题。作为现代人，我们过分地依赖电脑了，我认识的很多人都喜欢把极其重要的东西保存在电脑上，而且认认真真地把这份重要的文件在 C、D、E、F 各个盘上备份了个遍，直到有一天硬盘出问题，C、D、E、F 上所有的备份都一同玩儿完时，才明白原来所有的 C、D、E、F 都是同一块硬盘。

事实上，当你把重要的信息和资料保存在一块质保期三年的硬盘上时，你就应该料到信息在这块硬盘上丢失是迟早的事情，即使没有病毒或其他任何意外打击的出现。

尽管它确实很硬，但硬盘却是相当靠不住的数据保存体，一块正常使用的硬盘能够坚持着挺过 10 年就已经是奇迹了，而书写在一张弱不禁风的普通纸上的信息可以轻松地度过一百年的时光。

我是建议把极其重要的信息保存在纸上一份，或是刻录到质量好的光盘上。光盘记录信息是基于用激光在光盘上烧灼出一个个的小坑来记录信息的，这一过程仿佛是一场遮天蔽日雷霆万钧的陨石雨袭击地球时在地球表面撞击出一个个巨大深坑的缩微版，这种真正的灼痕要比基于用磁头来磁化硬盘上的一个个小存储单元的磁化方向可靠得多，这才是真正够稳妥的备份。

1.2.2 因为有些人使用电脑的方法很安全

这样的人的数量不能说多，但可能不像你想象的那么少。

我老爸（退休前是杂志社的主编）就属于这种人。他的电脑唯一的用处就是上搜狐网看新闻。当然这不是说他的电脑的配置低，他的电脑的配置是相当高的（至少在我07年最初动笔写这本书时），DELL原装，17寸液晶显示器，Pentium 4处理器，512M内存，80G硬盘，样样俱全。但每当我问到他现在用电脑用得怎么样的时候，他总是精神饱满的自诩他现在用Google查东西用得很熟了，但我对此颇不以为然，因为他的浏览器的收藏夹中唯一的收藏始终就是搜狐网站和Google的网址，而这两个网址都是早先应他的强烈要求由我给他设置上的。

　　我老爸不会收电子邮件，尽管我给他申请了一个免费的126的邮箱，并且已经在Outlook Express中给他设置好了必要的选项，他只需双击Outlook Express的图标就可以收信了，但不知是因为双击对他来说是一个高难度的动作（我看过他的双击，确实惨不忍睹，那是在很多次单击和三击之后成功的一次），还是其他原因，总之，他始终没有使用电子邮件。每当遇到我们一般人需要写电子邮件的情况时，他就翻出信纸奋笔疾书，然后吩咐小编以最快的速度把这封信投递出去。

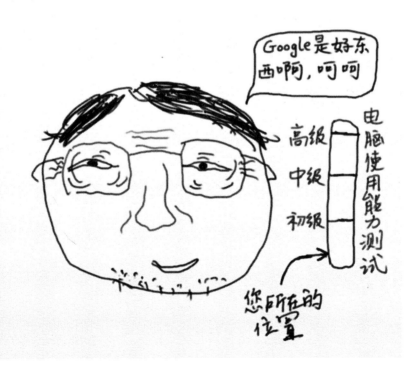

如果一个人的电脑运行的所有程序就是 Windows 本身，整个 Internet 对他来说就是搜狐新闻，而且从不使用外来的磁盘、光盘和 U 盘的话，那这个人的电脑可以说就是相当安全的了。

> **补充**：在我写上面这三个段落时，时间是 07 年的中旬，那个时候我老爸还没有退休，我所描述的是那个时候他的计算机水平。
>
> 而在我写"补充"这段话时，时间已经来到了 2010 年 5 月。通过三年的跟踪观察，尽管他的水平进步缓慢，但三年下来，还是难免有所提高。现在，他已经能够收发电子邮件（在网页上操作的那种）、在当当上订书（货到付款，不需要在线支付的那种）、使用 Google、百度来搜索需要的各种信息（比如查查去某个地方该怎么坐车、某个报纸上推荐的药到底有多骗人等等）、使用 Word 写点简短的文章等等，当然最多的时间仍然是花在看搜狐新闻和搜狐视频上。
>
> 事实上，一旦开始使用 Google 和百度的搜索功能，风险也就随之而来，因为你不会知道搜索出的结果页面所指向的网站中是否含有病毒、木马或恶意代码。
>
> 举这个例子是要说明没有人能永远停留在无风险使用电脑的阶段，随着电脑使用水平的提高，网上活动范围的扩大，你也需要同时提高对抗风险和解决问题的能力。

1.2.3　因为有些人并不知道他的电脑已经出了问题

这样的人大有人在。通常这种人被称为办公室傻瓜，或者是傻得可爱的超级大菜鸟等等诸如此类的称呼。

这种人的电脑中没有安装杀毒软件，没有安装防火墙，永远都是在全无保护的情况下在 Internet 上尽情地冲浪，总是毫无顾忌地使用外来的光盘、磁盘和 U 盘。这种人的电脑硬盘中总是堆积着大量看起来没有经过归类的新建文件夹，桌面上的图标也是东一个西一个，如果你习惯性地给他做了桌面图标自动排序，他就会茫然失措找不到那些图标。

这种人的电脑中没有什么真正可以称得上重要的文件，如果需要的话（尽管这种情况对这种人来说几乎不存在），他毫不介意把他的硬盘格式化掉。

这种人的电脑之所以很少出问题，并不是因为他的电脑中没有感染病毒，没有被注入木马，没有运行出错的程序，没有丢失了文件的程序，恰恰相反，这类东西没有比这种人的电脑中品种更丰富的了。

之所以他们的电脑没有发生严重或致命的问题，是因为他们对病毒和木马采取了一种完全放任和宽宏大量的态度。

由于他们没有安装杀毒软件和防火墙，因此，病毒和木马们的一切要求都得到了充分的满足。该感染的都感染了，该窃取的都窃取了（该傻瓜在网上下载的小说、小电影、小笑话等等），该发作的都发作了。

当然，有些文件丢失可能会让 Windows 在启动时出现短时间的黑屏并提示一些稀奇古怪的文字，但那又有什么关系呢；有时候还需要他再按键盘上的一个叫任意键的键才能继续通过，那又有什么关系呢；尽管他一直没有找到那个任意键，但随便按了一个键也管用啊。关键是，除了这点小小的麻烦外，一切还都是正常的啊。依然可以起劲地冲浪，下载更多的小说、小电影、小笑话，依然可以拷贝文件。虽然有的时候存储的 Word 文件好像发生了一点点改变，增加了十几 MB，但又有谁能确定这一点呢，而且文件还是照样可以打开啊，就算有的时候经过努力确实打不开了，但一个小笑话不看能死人啊。

很多时候，正是杀毒软件对病毒顽强的抵抗造成了系统发生致命的错误而彻底崩溃，这很像是人体的免疫系统对侵入机体的病毒的过度反应。

塞仑盖提大草原

非洲象

斑马 →

Service Pack

　　一只兔子一样大小的兔子只能是一只兔子，但一头非洲象一样大小的兔子可能是一只兔子也可能就是一头非洲象。

第**2**章

如何正确使用电脑以减少问题的出现

通常来说，做任何事情，采用正确的方法比较容易能得到正确的结果。要想减少电脑问题的出现，我们就要尽量采用正确的方法来使用电脑，这涉及很多个方面，其中首当其冲的一点就是要得到一台好电脑。

2.1 购买一台质量过硬的好电脑

怎么才能购买到一台好电脑呢？我听到有人喊"买最贵的"，这应该是来自一位经销商朋友的声音。的确，最贵的电脑，通常而言性能会强一些，但性能和质量是两回事，购买下史上最强的电脑可以让你风光两个月。之后，比你所买下的这台电脑强大 10 倍的新产品将会上市。

而且，最为可悲的一点是，最贵的电脑的质量未必是过硬的，原因很简单，因为最贵的电脑中往往安插着时下最先进的高档配件，这些刚出炉的没有经过充分的市场检验的狂傲的家伙通常是经不住考验的，代表着最先进科技的美国的航天飞机每 50 次飞行就会爆炸一次，同样的道理，最先进的电脑配件也就是最不可靠的电脑配件，一台装满了各种最不可靠的电脑配件的电脑的可靠性也就可想而知了。

2.1.1 什么样的电脑才是质量过硬的？

那么，什么样的电脑才是质量过硬的呢？

总的来说，它应该是一台价格适中的，即不太先进也不太落后的电脑。唯一值得它自豪的一点应该是组成它的所有的配件都来自名牌厂商，所谓系出名门。这不是迷信名牌，而是最简单的减少风险的做法。

　　我建议你购买品牌机，原因部分在于我不认为一个自认有攒机实力的DIY高手会赏脸购买我所写的这本书（当然，如果你正是这样的一个人，那我认为你相当明智）。正手捧这本书的你更可能是一位普普通通的电脑用户。对于一位普通的电脑用户而言，即使花费很大心力也很难搭配出一台兼容性和协调性达到最佳的电脑。

　　在这种情况下，许多人的做法是请自己的一位精通电脑的朋友或亲戚来帮自己挑选配件攒一台电脑。这是一种一时痛快但日后麻烦的行为。这位电脑高手或许会一口答应下来，并精神饱满地挥舞着铅笔和本子写出一套达到最佳匹配效果的机器配件，并旋风般地在电子城的各层中刮过，将所有的配件如数买齐，然后还会体贴地到你家帮你把机器安装好，并开启电脑，看着你目瞪口呆又心情激动地对他佩服得五体投地。

　　但你对他的打扰最好就到此为止了，因为他对此事的理解就是帮你攒

一台电脑，仅此而已，绝不附带任何包括维修咨询和更换硬件在内的售后服务。电脑高手都是一群不习惯处理不便利的事情和拖泥带水工作的人，而漫长的永无休止的售后服务就属于这种工作。更何况，电脑高手们的时间总是很宝贵的，即使他们愿意，他们也往往没有时间再去帮你更换一个损坏的硬盘或是一个出了故障的声卡。

因此，对于普通大众来说，要想让日后出现硬件维修和更换等麻烦事时的处理能简单一些，最好的方法就是购买一台品牌机，而且一定要购买那种带有至少一年，最好是三年24小时内（或称次日）上门服务的品牌机。

有些经销商可能会给你打折提供一种三日、四日上门服务的维修服务，不要图便宜选择这种服务。因为一旦你的电脑出现问题，你不会有耐性等上三日的，你甚至会认为次日来都是不能原谅的，你的问题必须立刻、马上得到解决。

考虑到你的这种立刻、马上解决问题的心情，这些大品牌厂商往往会体贴地提供一种800免费电话供你在等待疲于奔命的维修人员为你提供上门服务前进行咨询和抱怨用，想到你打的是不花钱的免费长途，你的心情会稍稍平静一些，可以不着急地大发牢骚并详细地描述故障的情况，尽管接听电话的工作人员（通常是声音甜美的小姐）一般而言不能解决你的问题，但至少会让你感到次日上门服务还是可以忍受的。因此，选择没有800免费电话的次日上门服务是要三思的。

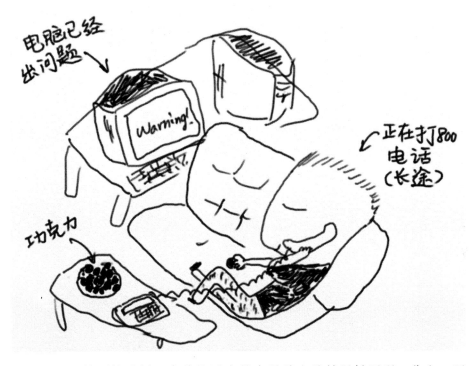

　　那么，是不是选择一台价格适中的大品牌电脑就足够了呢？非也。还是那句话，电脑这种复杂的人造物是靠不住的，你必须对它进行必要的测试。那么，对于一台品牌机，首先应该测试什么呢？毫无疑问，是显示器。因为这是你日后每天都要面对的东西。

2.1.2　检查显示器时最应该检查什么？

　　如今液晶显示器已经非常流行了，所有大品牌电脑的显示器几乎全都是液晶的。

　　如果你购买的显示器是液晶的，或者你购买的是一台笔记本电脑，则唯一你需要检查的就是屏幕上有没有坏点，所谓坏点就是无论屏幕上的图像怎么变化，这几个点总是亮的或总是暗的。

　　不要相信经销商对你说的什么五个坏点以下是正常的等等诸如此类的鬼话。所谓五个坏点以下是正常的是由于 10 年前液晶屏还未普及时，液晶屏的生产技术比较落后，想生产出一个坏点也没有的完美屏较难，故才有此一说。

现在，10 年过去了，液晶屏的技术早已改进了很多，完美屏的比例已大大提升。因此，你完全可以也有理由挑选出一台没有任何坏点的屏幕。而且，一旦屏幕上有坏点，那怕只有一个，以后你在屏幕上看到的就只有这个坏点了，尽管它是那么小，但却足以吸引你所有的注意力。

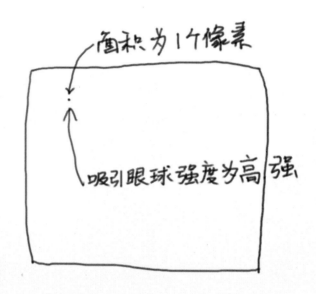

那么，如何来检查液晶屏上是否有坏点呢？如果坏点比较明显的话，一般用肉眼就可以看出来。但情况并不总是如此，因为液晶屏的一个像素其实是由三个液晶单元格组成的，如果一个像素中的两个或三个液晶单元格都坏掉的话，则用肉眼比较容易看出来。但如果这个像素中只有一个液晶单元格坏掉的话，那仅用肉眼还真不容易看出来。

比较稳妥的办法就是用专用的软件来检查屏幕是否完美。很多厂商在出厂的新计算机中已经预装了系统检测软件，其中就包含对显示器的检测。比如，如果你购买的是联想电脑的话，则你可以启动桌面上的 Lenovo Welcome 软件，选择"维护您的 PC"→"Lenovo Care Center"→"系统和装置测试"→"视频"→"监视器运行测试"。

监视器交互式测试

说明

本测试有不同的部分组成用来验证监视器是否工作正常。点击适当的按钮即可测试监视器的某一项功能。您可以通过点击鼠标或按下任何一个键来返回到对话框。

组合图测试有助于检查监示器是否正确校准、色彩深度和分辨率是否正常。利用屏幕每个角的十字准线图案可直观确定监视器是否正确校准。如果十字准线变形或散开，监视器的校准可能存在问题。通过一个色谱阵列可直观鉴定显示器的色彩深度容量。如果颜色与色谱中的颜色不能平滑混在一起，监视器的色彩深度可能存在问题。利用带有刻度的水平和垂直校准条形码以确定显示器的分辨率性能。当线条相互靠近时越容易分辨出单独的线条，则显示器的分辨率性能越高。

纯色测试利用5种基本颜色来帮助您指出功能不正常或功能有障碍的像素：红色，绿色，蓝色，黑色，和白色。点击适当的按钮可将相应的颜色填入屏幕。如果像素工作不正常，像素的颜色与所有其他的像素的颜色有反差。

纯色测试（LCD 象素测试）

| 红色 | 绿色 | 蓝色 | 黑色 | 白色 |

VESA 测试模式　　　　　　　　　　　　　　　　　　组合图测试

| 亮度 | 几何图形 | 聚焦 | 组合图测试 |

| 通过 | 失败 | 取消 |

　　你只需依次点击各颜色按钮，然后观察屏幕上是否有哪个点是暗的或亮点，就可以做出判断了。很多时候，你会发现，在用肉眼观察认为是完美的屏幕上，使用这个软件进行测试时，会在检查到某个（或某两个）颜色时，发现非常明显的暗点或亮点，而在检查其他颜色时，却看不到暗点或亮点，这就表示这个像素中只有一个液晶单元格是坏的。

　　这种熟练地启动厂商自带的系统检测软件来检测屏幕的做法，不仅可以帮你买到完美屏，而且还可以对部分居心叵测的经销商起到震慑作用——能轻松调出这个程序的买家显然比较懂行，不好惹。

　　如果你不确定你要购买的电脑中是否预装了检查屏幕坏点的软件，也可以事先从网上下载一个免费的小巧的屏幕检测软件存到 U 盘中带着购机备用。这种软件在网上一搜一大把，就不在此赘述了。

　　另外，我在这里要插一句话，那就是在日后当液晶屏幕脏了而需要清洁屏幕时，在没有十足把握的情况下，建议你最好不要使用任何清洁剂来擦拭，因为很多清洁剂都带有轻微的腐蚀性或溶解性，尽管它们都宣称是安全的。

　　可靠的清洁方法是用擦眼镜或相机镜头的麂皮或带有绒毛的布用水浸湿并拧干，使其处于一种潮乎乎的状态——这正是我们需要的。用这块潮

乎乎的麂皮或绒布来擦拭屏幕，一遍不行，就把麂皮或绒布洗干净拧干再擦第二遍，直到屏幕干净为止。

在这里，最为关键的一点是，在屏幕被擦干净之后，应该立即用另一块完全干燥的麂皮或绒布将屏幕擦得干干的（如果没有另外一块的话，也可以把手头这块拧得非常干后来擦）。一定要迅速将屏幕擦干的原因是尽管液晶屏幕看起来像块玻璃，完全不透水，但事实上，水是液晶屏幕的第一杀手，水分子可以渗透到液晶屏中对液晶屏造成永久性的不可逆的损伤，但任何渗透都需要时间,短时间内（半个小时内）擦干屏幕就没有任何问题，是非常安全的。

液晶显示器由于省电、轻盈、节省空间、无辐射,受到了大众的普遍欢迎。而过去曾辉煌过的 CRT 显示器（就是那种沉重粗笨型的）则由于费电、沉重、占用空间、辐射较大已很少有人用了。那是不是说相对于液晶显示器，CRT 显示器就毫无优势可言呢？非也。CRT 显示器在两个极其重要的方面超越了液晶显示器：

一，CRT 显示器的亮度高、色彩还原度高、颜色鲜艳、准确。因此，对那些对色彩呈现要求精准的人，比如平面设计师而言，CRT 显示器几乎是必不可少的。

二，不管你用多少年，CRT 显示器的亮度都会和你新买来时一样亮。而液晶屏由于是靠灯管来发光的，而再好的灯管也是很容易老化变暗的，因此，液晶屏用一年后亮度就会大减，几乎只有刚买来时的一半。这也是为什么设计师都不用液晶显示器的原因，若用液晶的，几乎要一年换一台显示器。

如果你买的电脑的显示器是 CRT 的，那么，通电、开机、进入 Windows 桌面后，首先调节显示器上的控制左右和上下拉伸的按钮，使得 Windows 桌面被缩放到恰好略小于显示器的可显示区域，这样做的目的是为了使你能够清楚地看到 Windows 桌面的四个边界，从而为我们的下一步操作做好准备。

然后，调节显示器上的控制梯形变形和内外弧形变形的按钮，直到使 Windows 桌面能够显示成一个标准的矩形，也就是说桌面的上下左右各个边界没有出现明显到肉眼能够分辨的扭曲和歪斜。如果你能把 Windows 桌面调节成一个横平竖直的矩形，那么，这台显示器基本上就可以搬回家了，因为你已经成功地排除了一台 CRT 显示器最可能出现问题的地方。

你可能很难相信，由于其设计原理的原因，70% 的显示器都存在显示区边缘处图像严重变形的问题，而这种边缘区的严重图像变形在很大或至少是一定程度上影响着整个可显示区的图像的准确形状显示。如果你的显示器的可显示区的边缘存在较大的图像变形，则毫无疑问地，你日后在屏幕上看到的一切图像都是经过扭曲变形的，或者说，你将始终面对着一个扭曲的世界。作为一个体面人，这显然是无法忍受的。

除此之外，对于显示器的其他方面你几乎不需要做什么检查，因为其他方面很少存在什么问题，即使真的存在什么问题的话，你也是可以一目了然发现的。而且，即使你当时没有发现，买回家后才发现，那也属于显示器质量问题（比如无法调节亮度），经销商会乖乖地给你退换的，而唯独显示区边缘图像变形不属于质量问题（这是 CRT 显示器由于其设计原理而或多或少必然存在的问题），经销商不会因为这个原因给你退换。

2.1.3 挑选一个好用的键盘

什么样的键盘是好用的呢？那些看起来如山峦般起伏的"符合人体工程学的"键盘看起来很酷而且从外形上看似乎很有理由相信它可以在打字时给予手腕很好的保护。这是关于人体工程学的无数个谎言中最大的·个。

一旦你用上这种山峦般的键盘，你会发现要驾驭这种键盘就像真正在登山一样，极其劳累，而且打字速度很慢，你甚至根本就无法进行盲打。这种山峦般的曲度不仅不会对你的手腕起到保护作用，反而会加速手腕和手指的疲劳，尤其不适合长期使用键盘打字的人。

作为有 12 年软件开发经验，10 年写书经验的我，使用过各种各样的键盘，其中就有两款这种山峦式键盘，对其艰难的驾驭感受我是深有体会的，坦白地说，我从没有成功地驯服其中任何一匹烈马。

那么，应该选择什么款式的键盘呢？很简单，一个看起来最普通的键盘就是最好用的键盘，也是真正最符合人体工程学的。这种普通的键盘真正是久经考验的，很快你就会爱上它，并用它打得飞快且不易感到疲劳。

2.1.4 在检查电脑机箱时要注意什么？

就外观而言，电脑和电脑间差别最大的大概就是机箱了，现在的机箱的品种和款式简直太多了，完全达到令人眼晕的地步。选择哪个款式，完全取决于个人的喜好和品味。

在选择机箱时，看起来若大的一个机箱，其实真正容易出问题以至于必须引起一定注意的只有两处：电源和 USB 插口（这两处事实上并不属于机箱的范畴）。

关于电源，我将在后面用专门的一个小节来讲解。这里说一下 USB 接口（也即日后你插 U 盘的地方），USB 接口虽然看似安装在机箱上，其实是位于机箱内固定着的主板上的。只所以要关注一下 USB 接口，是因为有的主板将这两个 USB 接口设计的间距过小，以至于如果你所使用的 U 盘较厚的话，很可能会出现当一个 USB 接口被占用的时候，这个 U 盘本身却遮挡住了另一个 USB 接口的部分，从而导致两个 USB 接口同时只能使用一个。而有些情况下，你需要同时用到两个 USB 接口（比如有些耗能较大的移动硬盘会用一个 USB 接口传输数据，而用另一个 USB 接口来获得额外的能源），在这种情况下，你肯定希望两个 USB 接口都是可用的。

另外，还有一点要注意的就是，你应该确定这个机箱上所有你经常会用到的插口都位于机箱的前面板上，而不是隐藏在机箱的后面，这些经常会用到的插口包括 USB 接口、耳机和麦克风的接口。如果耳机和麦克风接口不幸被安置在了机箱后部，至少也要保证 USB 接口在机箱的前面板上，否则你每天会有很多次要费劲地趴到机箱后面去处理那些不便利的事情，甚至会被迫拱到桌子底下去忙活一番。

2.1.5　电源的重要性

之所以要单独谈谈电源，是因为在保障电脑安全稳定的运行中起至关重要作用的电源，却长期以来处于被绝大多数使用电脑的人所忽略的地位。

很多人在选购电脑时，对 CPU 的型号、主频的高低、内存的大小、硬盘的容量、光驱和刻录机的容错性与速度等都非常的在乎和挑剔，而唯独对给上述所有这一切昂贵的设备供电的电源却没有任何的要求。实际情况甚至是相当一部分人根本就没有意识到电脑的机箱中还存在一个叫电源的设备，更别说对这个其貌不扬的缩在角落中的粗笨家伙提出什么要求了。

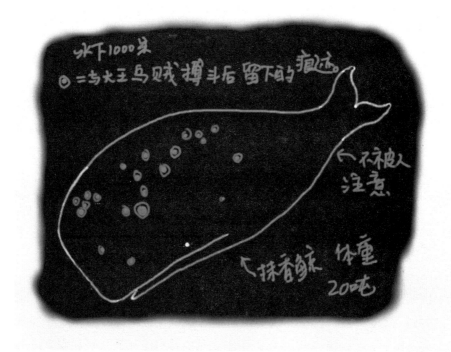

不被人注意的角色往往蕴藏着惊人的力量。

电源，这个被人忽视的设备，事实上掌握着机箱中所有设备的生杀大权。可以说，一个拙劣的电源就可以要了机箱中包括 CPU、内存在内一切芸芸众生的小命。很多无甚经验的攒机者，在购买 CPU、内存、硬盘、显示器上显得颇为阔绰，什么都买最好的，而在最后被人提醒还缺少一个电源时，却选了个最便宜的 80 元的电源。这就好比将一辆崭新的昂贵的奔驰车交给一个驾照上的印章还未干透的新手来驾驶，出事故几乎是注定的。

一个优质的电源的价格通常在 200 至 300 元之间，只比劣质电源多出不足 200 元。多付出 200 元来保障机箱中所有设备的安全和稳定运行，这是非常值得的。

那么，使用优质电源到底有什么好处？使用劣质电源又有那些危害和隐患呢？

主要有下面这么两点：

首先，劣质电源提供的是电能，而优质电源提供的是稳定的电能，区别就在"稳定"二字上。对机箱中的主板、CPU、内存、驱动器这些娇贵的部件和设备来说，稳定的电流和电压是能否安全运行和保障使用寿命的关键。在外部的交流电的表现基本正常时，你可能看不出使用劣质电源和优质电源有什么明显的区别，但当外部交流电中一个异常的滔天电浪掀过来时，优质电源多出来的那200元就开始发挥作用，巨大而强悍的防波堤将这个滔天巨浪干净利索地压制和平抑掉，从而保护了机箱内的一切幼小的生命，而劣质电源此时只会目瞪口呆的眼睁睁看着机箱中的一个个昂贵的小部件尖叫着被烧毁。

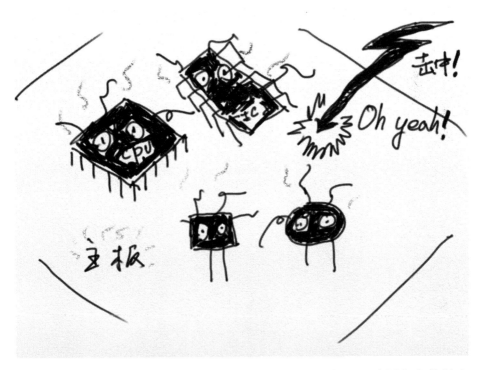

此外，即使没有大电涌，在正常供电的交流电中，也时刻存在着微小的不太令人愉快的波动，这种无时无刻不存在的不太令人愉快的电流波动虽然不会令机箱中的设备烧毁，但长此以往，却会明显缩短机箱中设备的使用寿命。而优质电源则会稳健地过滤掉这些不太令人愉快的波动，从而延长了设备的使用寿命。

其次，劣质电源提供的是功率，而优质电源提供的是充足的功率。区别就在"充足"二字上。劣质电源能够提供的额定功率通常在220W左右，而优质电源可以提供300W、350W、400W、甚至500W的额定功率。这多出来的功率有什么用处呢？为了回答这个问题，我们首先要知道这些电能

被用到哪里去了。

如果你打开机箱，可以看到有一束电线从电源后部的一个孔洞中伸出。这束电线中的每一根电线的端头处都装有一个插头。这些插头是形状各异的：

● 最大的那种是给主板供电的（只有一个）。

● 正方形四孔的是给 CPU 供电的（通常有两到三个）。

● 长方形六孔的是给某些高性能显卡供电的（只有一个）。

● 长方形四孔的（通常有三到四个）是给老式的硬盘、光驱或刻录机供电的。所谓老式的就是指采用 PATA 接口的，PATA 接口的缺点是速度慢，且不支持热插拔。

● 又扁又宽的（通常有三到四个）是给新式的硬盘、光驱或刻录机供电的。所谓新式的就是指采用 SATA 接口的，SATA 接口的优点是速度快，且支持热插拔。

● 还有一种更小的长方形四孔的（通常只有一个）是给软驱供电的（尽管软驱现在已经彻底没落，几乎没有人再去用它了）。

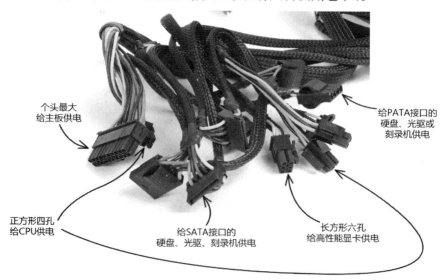

个头最大
给主板供电

给PATA接口的
硬盘、光驱或
刻录机供电

正方形四孔
给CPU供电

给SATA接口的
硬盘、光驱、刻录机供电

长方形六孔
给高性能显卡供电

如果你是自己攒机的，则在你购买了一台电脑后，当你给机箱中所有的设备都插上各自的电源线后，你会发现还有好多个电源插头没有用上，这些多余的电源插头是供你日后为电脑添置的新设备（比如一个更大的硬盘）使用的。

　　然而,除为主板供电外,劣质电源剩余的功率只能支撑三个中型设备（硬盘或光驱），也就是说,如果你的机箱中已经安装有一个硬盘和一个光驱了,则日后你最多只能再添加一个硬盘（或一个光驱／刻录机）。尽管在你添加了一个新硬盘后,或许你会发现还有两三个插头空闲着,但在你高兴的将第四个中型设备装配到机箱中并激动地看到电脑仍然可以正常启动并使用这个新设备时,一个最初可能会令你百思不得其解的问题出现了。

　　你发现你的电脑经常会莫名其妙的重启动,最初你可能会认为是中了病毒,但反复查毒杀毒却一无所获,后来你又想到会不会是电源插头没有插牢,重新谨慎地拔插一遍后问题依然如故,几天下来,你已经筋疲力尽,但莫名其妙的重启动依然照旧。

　　原因其实很简单,那个劣质电源的功率支撑不了这么多的设备,电源过载超负荷了。供电控制器被迫通过掉电来卸去这些让自己如此疲惫的负荷,以便能喘口气。

　　如果你善于观察,你甚至会发现电脑的重启动并不是完全莫名其妙,而是有一定规律可循的,那就是重启动总是发生在你试图去读取光盘或读写硬盘时,原因就是这个时刻光驱中的光盘或硬盘的盘片要从静止状态启动以便开始高速转动,在有摩擦力的现实世界中,要把一个静止的物体推动起来需要比保持它匀速运转更大的瞬间功率。因此,在这个瞬间,光盘或硬盘需要额外的功率,正是这份瞬间的额外负荷让劣质电源彻底崩溃的。

　　在某些情况下,即使你没有安装额外的中型设备,也可能会出现供电不足的情况。比如,若你使用的是高性能显卡,也就是那种需要用到长方形六孔插头额外供电的显卡的话,则这块显卡所消耗的功率甚至会超过 CPU所消耗的功率。

　　而优质电源由于具有充足的功率,可以支持 5 个甚至更多个中型设备对电能的需求。

　　注意,我在这里所谈到的电源功率都是指额定功率,所谓额定功率就是电源可以在此功率下长期工作的功率。而有些恶劣电源在外壳的标签上并不标注额定功率,而是标注的最大功率,尽管这个最大功率看起来是挺大的,比如 300W,但实际上额定功率依然只有 220W。

那什么叫最大功率呢？所谓最大功率就是指电源拼了老命能在此功率上运行最多30秒的功率。因此，一句话，最大功率没有任何意义。

另外，还有一点很重要的就是，无论你是自己攒机还是购买品牌机，你都应该检查一下电源的各条电源线够不够长。方法就是把电源摆放到机箱中电源应该在的位置后，把各条电源线都捋直了，看看每条电源线是否都能自如的到达将来硬盘和光驱所要安装的位置。

相当多的时候，在你欢天喜地的将新的设备买回来并安装到机箱中后，却恼火的发现，尽管还空闲着好几条电源线，但每一条的插头都够不到这个新设备的插座，此时的你可能欲哭无泪。但也不必如此沮丧，你可以到电子城买一条电源加长线，它可以填补上那段不足的长度，只不过需要你多跑一趟腿。电源线不够长的问题甚至在一些优质电源上也存在，因此，一定要认真对待此事。

2.2 要用好的插座

如果说优质电源是一位明君，为生活在机箱这个国家中的众设备子民提供了好的生活和工作环境，那么，好的插座就是一位称职的御前四品带刀护卫，它为优质电源本身提供保护，可以说是整个电脑系统的第一层保护。电源插座，位于整个电脑系统的最前沿，其重要性不可估量。

坏插座的价格通常在 20 元左右，而好插座的价格通常在 40 至 80 元之间。坏插座由于内部簧片扭曲而经常会导致短路、断路，甚至火线、零线、地线三线两两甚至三者都搭接在一起的情况也是时有发生的。总之，在那种坏插座里发生任何事情都不会令我惊讶。而好插座不仅不会发生这类事情，其本身还提供一些额外的保护，比如内置保险丝等。

那么，如何区别坏插座和好插座呢？因为不排除有些奸商会把坏插座也标上好插座的价钱。区别其实是相当明显的，这主要从外观和内部两方面来观察：

首先，从外观上看，坏插座的用料很不讲究，使用的往往是普通塑料，手感非常光滑、轻薄，会让你产生一种这东西的外壳很脆弱，似乎一掰就碎的感觉，而且坏插座的做工也很粗糙，外壳的接缝处间隙很大，甚至握住插座稍微用力来回拧一拧就会有一定程度的变形。

而好插座在用料上相当考究，使用的是工程塑料，手感不太光滑，有一定的摩擦力，掂在手里会感觉沉重，分量很足，好插座的做工精细，外壳的接缝处没有间隙，即使握住插座用力拧也不会产生丝毫形变。同时，好插座上通常会有一个安装保险丝的地方，对于不同的插座它位于不同的位置，但你很容易发现它。

其次，也是更重要的，是从内部看。这并不需要你拆开插座，只需从插座的插孔中往里望一望就能看明白，从坏插座的插孔中，你会看到其内部的簧片很薄，而且扭曲变形，很不规整。而从好插座的插孔中，你会看到其内部的簧片很厚，排列极为规整，没有任何解释不通的（或者说不该有的）扭曲和变形。

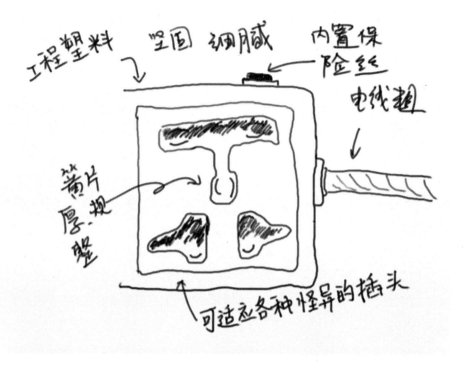

工程塑料　坚固　细腻　内置保险丝

簧片规厚整

电线趟

可适应各种怪异的插头

　　除了观察外，如果条件允许的话，你还应该从旁边找两个插头往插座的各个插孔中插拔一下试试看。需要用一下力才能插进和拔起是最好的，太松或太紧都不好。国家规定的插拔力印象中是 3 至 25 牛顿，具体我记不太清了，我这人的记忆力相当靠不住，不过搞清楚这个又有多大意义呢，你只要记得需要用点力气才能插上和拔下的就是合适的。顺便提一下，提起 1 千克的物体需要用 9.8 牛顿的力，这可以让诸位中那些已经把有关牛顿这个单位的一切忘得一干二净的读者精神为之一振。

　　对于一台电脑来说，买一个拥有六到八个插口的插座是比较适合的。虽然目前这些插口还用不完，但日后在你添置了更多的外设（打印机、扫描仪、DV 等等）后，你会发现这些插口没有哪个会被空置。

　　另外，你一定要确保你所购买的这个多用插座的插头（即插座往墙上的插座上插的那个插头）应该是有三个"爪"的，这样才能保证这个插座中的地线是起作用的。

　　此外，建议你不要选择电源线长度少于 2 米的插座。否则，迟早你会发现你犯了一个错误。

2.3　如何了解一个品牌的口碑及应该在哪家店里买电脑

至此，你应该对选购电脑的几个基本指标有所了解了。那么，接下来，我们就要进入真正开始买台电脑这步了。这是最难决定的一步。

选择自己攒机的那些高级用户就不用说了，即便对我们这些决定买品牌机的用户来说，这个选择也是难以做出的。目前电脑的品牌太多了，究竟该选择哪个品牌呢？哪个品牌的质量更好？哪个品牌的返修率最低？哪个品牌的售后服务最好？哪个品牌在用户中的口碑最好？等等，所有这些问题都有一个答案，我们都应该了解，然后，你就会清楚该买哪个品牌了。那么，到哪里去寻找这些问题的答案呢？答案就是——上网去找。

2.3.1　听听大家对你想买的这个品牌电脑的口碑

要了解一个品牌的口碑，最好的办法就是上 Google、雅虎、百度去搜索，比如你可以分别使用类似下面这些关键字：

联想电脑的质量怎么样

联想电脑的售后服务怎么样

联想电脑的返修率

用这样的关键字在 Google 上进行搜索，会出来一大堆搜索结果，多看一些这些结果页面，你就会对联想电脑的质量有一定程度的了解了。

上网了解一个品牌的质量和口碑是更好和更具有普遍参考意义的方式。通常而言，你的朋友或同事（即便他是电脑方面的专家）对某个电脑品牌的评价是不具有参考价值的，因为具体到一个人时，对任何事物的评价都是带有强烈主观色彩的，如果他正经受着某个品牌电脑的非人的折磨，那他对这个品牌的评价就可想而知了。

2.3.2 我该在电子城还是家乐福或苏宁这样的大超市或大卖场里买呢？

这主要取决于你追求的是什么了。

如果你追求的是更低的价格，到电子城里买毫无疑问会更便宜一些，通过和经销商讨价还价，你可以砍下不少的价钱，还很可能会捞到不少赠品。

但在电子城里买东西，由于经销商良莠不齐，不乏品行特别恶劣的奸商混杂其中，如果你不幸遇到这样的奸商，则一旦你交了钱后，回家发现电脑有问题再来要求按他们的承诺"出现硬件问题，7 日内包退，15 日内包换"给你退换时，你会发现他们不是对于什么叫"硬件问题"有着与你完全不同的理解，就是要你去某某地方做个鉴定，鉴定这确实属于硬件问题后才会给你退换，而这种鉴定又是充满着各种猫腻的。

如果你考虑的更多的是万一买回去发现有问题，在退换货时让心脏少受点罪，建议你到家乐福、沃尔玛这样的大型超市，或是苏宁、国美这样的大型家电卖场里购买。尤其是在一些大型超市里，目前已经对相当多的产品实行了"不满意就可以退货"（注意，这不是"有质量问题才可以退货"，而是只要顾客感觉不满意就可以退货，即所谓的无条件退货）这样的真正为顾客着想的政策了。

不过在这种大超市和大卖场里购买电脑，在价格上通常都会比电子城高出不少。

2.3.3 上网去查查这家经销商有没有什么"历史"

如果价格始终对你有着无法抗拒的诱惑，你最终决定冒点风险在电子城中找家店来购买，那么有一件事是你务必要做的，这就是选择一家尽量诚信一点的经销商。

选择的方法很简单——上网查查这家经销商是否有什么不光彩的"历史"，是否干过欺骗顾客让顾客蹲在角落抹眼泪的恶劣事情。有一点是肯定的，不存在没有"历史"的经销商。但通过使用诸如下面这样的一些关键字（XXX代表这家经销商的名字）：

"XXX" "欺骗"

"XXX" "投诉"

"XXX" "起诉" "法院"

"XXX" "奸商"

"XXX" "恶劣"

来进行一番搜索，你可以对几家你正在考虑的经销商的一贯的口碑和做法有个相当深刻和感性的认识，一番比较之后，你应该可以选出一家相对来说"历史"较干净的经销商了。

2.4 电脑应该摆放在怎样的环境中？

必须承认，很多时候，把电脑摆放在怎样的环境中不是由你控制着。尽管最理想的情况应该是把电脑摆放在一个清洁、凉爽、恒湿，并有一台

柴油发电机作备用能源的机房中最适合。但绝大多数时候，你把电脑扛回家后，它就不得不适应你家的卧室或客厅那样一个并不最适合电脑工作的环境。但我们仍然可以在现有的条件下，通过不多的一些措施让你的电脑生活和工作的好一些，这对于减少日后电脑使用时出现问题是很有助益的。

首先，无论你是打算把电脑摆放在客厅还是卧室中，你都应该在这两个地方中尽量挑选一处相对干净、通风且凉爽的位置来安放电脑。尤其不要把电脑放置的距离暖气片太近，否则，冬天的时候你的电脑将生活在一个异常高温的环境中，它会通过对这种生活的抱怨让你尝到苦头。此外，冬天暖气片的周围由于高温会形成一个非常干燥的环境，异常干燥的环境会让电脑工作时产生的静电电荷难以得到有效的释放，从而越聚越多，很容易发生机内静电高压把电脑系统中某个昂贵的小部件击穿的事情。

其次，另一个非常重要的事情就是要保证你的电脑要有效的接地（所谓"接地"的意思就是让机内产生的多余电荷可以安全的流回大地母亲的怀抱），如果你家墙壁上的插座是有三个孔的（要确保后面真正是连着三根线，希望在你家搞装修的时候你留意过这个细节），而你购买的插座的插头也是三个爪的，则你就可以确定你的电脑是可以有效接地的。

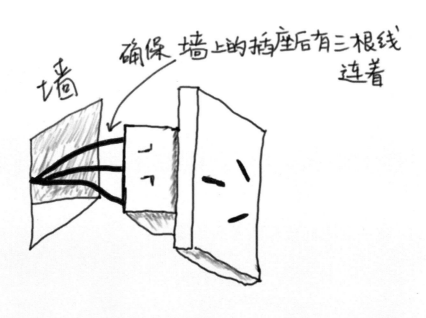

如果不太走运，你家墙壁的插座只有两个孔，或者虽然有三个孔，但其中一个后面并没有真正连着一根线（地线），这种事情一旦铸成通常是很难改变的，在这种情况下，要保证你的电脑接地，你就必须多费些工夫了：

首先，你需要找一根电线，用剪刀或钳子把电线两端的胶皮剥去，露出里面的铜丝，有的铜丝外面还涂有一层透明的绝缘涂料（即所谓的漆包线），因此，最好是用砂纸把铜丝捋上十几下，确保真正暴露出绝缘层下面的铜表面，然后，把机箱后部的螺丝拧松一个，把电线一头的铜丝缠到螺丝上，然后把螺丝重新拧紧，这样就可以确保铜丝和机箱良好接触了，然后把电线另一头的铜丝绑到你家的暖气片的管道上，如果以你的判断，暖气片上也有一层涂料的话，就再用砂纸把暖气片要绑铜丝的那段也打磨一下，确保露出下面的金属表面。如此这般，你的电脑就算是接地了。

2.5　把软件尽量都安装到非 C 盘

一旦开始使用电脑了，大多数人的习惯是把所有的软件都安装在 C 盘，这很容易理解，因为 C 盘是所有软件默认的安装路径。对安装软件而言，D、E、F 盘只是 C 盘空间不够后才开始使用的。

然而，一旦系统崩溃，你被迫需要重装系统时，你会发现系统好装，真正麻烦的是要重新一样样的安装所有曾被安装在 C 盘的软件，因为这些软件在重装系统的格式化操作中已经被全部删除了。虽然重装系统并不要求必须格式化硬盘，但很多情况下，为了确保重新得到一个干净的系统盘，你不得不格式化硬盘。

因此，为了减少这种麻烦，降低重装系统的成本，你应该在一开始就把尽可能多的软件安装到非 C 盘。这要求你在安装任何一个软件时，在软件提示你选择一个安装路径时，不要图省事直接点击"下一步"，而应该拿出几秒钟时间换一个非 C 盘的安装路径。此时多花的几秒钟将为你日后省下大量的时间。

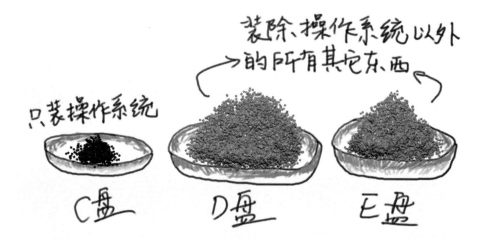

另外，将软件安装到非 C 盘，也会降低你的重要文档被病毒侵害的机率，因为很多病毒都是首先（或仅仅）感染并破坏系统盘上的文件和文档。

2.6　你使用电脑的习惯

现在你已经有了一台好电脑，但正如网吧电脑的键盘几乎没有一个是按键齐全的一样，你使用电脑的习惯在很大程度上决定着你的电脑软硬件出问题的频率。

2.6.1　硬件方面的

首先抱歉一下，我的记忆力很靠不住，因此我可能会漏掉说一些东西。但正因为如此，凡是我没忘并写出来的必然都是重要的。

2.6.1.1　食物与灰尘

最要注意的就是操作电脑时不要吃东西了，尽管我知道你是那么地想边吃东西边敲电脑。吃着美味的垃圾食品（薯片＋可乐），敲击着键盘，简直就是一种享受。然而，据美国食品管理局可乐与键盘关系调查委员会的不完全统计，一杯摆在键盘旁的可乐，其最终成功地完全被你喝下去的概率是 79/80，也就是说每 80 杯可乐中就有一杯会被碰翻而被你的键盘消化去大半。而同你相比，你的键盘对垃圾食品的耐受力是相当脆弱的，一杯让你感觉相当爽的可乐可能会引起键盘内电路的短路，从而让你遗憾地失去对几个键的控制，甚至在一次豪饮中不幸地失去对所有键的控制。

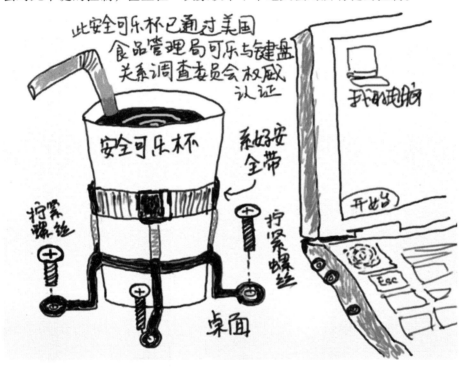

　　而同碰翻可乐这种小概率事件相比，每次在你边嚼薯片或饼干边打键盘时，薯片的碎屑、饼干渣等微型食品就会源源不断地供给给键盘。而低头看看键盘的样子，你就会明白，它实际上是没有多少消化能力的，这些微型食品主要堆积在字母 N 和 A 的下面，当然在其他各键下面也有分布。

　　如果仅仅只是这些碎屑，影响倒也不大，因为很少有人键盘下的食物储量会多到使人按不下键盘。问题主要在于，空气中有水分（即使没有什么可乐栽倒在键盘上），这些水分配合着这些食品就可以渐渐形成一种不太像但也并非完全不是导体的东西，日积月累就可以产生一次与将可乐碰翻

到键盘上同样的效果。

因此，还是尽量让食物回到餐桌上吧，尤其是那些容易掉渣的食品。当然，长时间打电脑时，需要不断补充适量的水，从安全角度考虑，也许纯净水是最好的选择，即使你不小心把一杯纯净水栽倒在键盘上，也不用过于紧张，因为纯净水事实上是绝缘的（里面已经去除了导电离子），不会对键盘造成大的损伤。

除了键盘，另一个容易出故障的硬件就是光驱，几乎很少有光驱能挺过三年的时间。虽然同是高速转动，但同硬盘始终处于一个密闭无尘的环境中不同，光驱是处于一个开放的环境中的，这就牵扯到一个保洁的问题。

想想看，如何简单有效的让进进出出的人尽量少把土带到屋里子？没错，就是门前的那块擦鞋垫。进屋前，来回蹭几下，就能减少很多不讨人喜欢的灰尘和沙砾。使用光盘也是一样，任何时候都要记得，在把光盘放入光驱前，一定要用麂皮或绒布把光盘擦一下（即使光盘看起来很干净，上面也有大量你看不到的灰尘和小动物），但我却见过太多人擦也不擦就把光盘塞进光驱了。很多人只是在发现光驱读不了光盘时，才会把这个光盘拿出来好好擦一番后再放进去，结果往往就能读出来了。

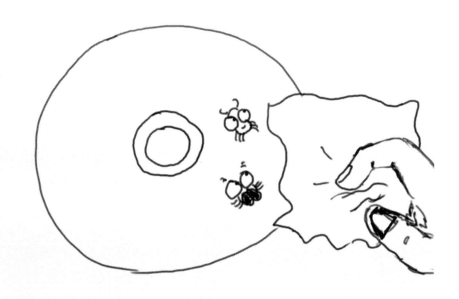

另外，很多人使用光驱有一个习惯，就是使用完光盘后就把光盘留在光驱中了，直到下次需要用这个光驱读取另一张光盘时才把几天前甚至几周前留在光驱中的那张光盘换出来。实际上，这种做法对光驱的危害是很大的。原因在于，这么说吧，想想看，最不讨人喜欢的访客是什么样的？没错，就是那个明明已经谈完了事却还赖在你家不走的人，因为他赖在那里不走，你就不得不继续和他有一搭没一搭地交谈，时不时还要给他沏茶倒水，憋着一肚子气默默忍受着。一张使用完却依然留在光驱中的光盘对光驱也在进行着类似的折磨，尽管对你而言，这张光盘里并没有什么此时要读取的内容，但由于它一直待在光驱里，光驱就会认为你这么做是有用意的，是准备随时读取这张光盘的，为了不让你在需要时感到被怠慢，光驱会每隔一段时间，就对这张光盘进行一遍例行检测，以便确定它的存在和有效，由于光驱总是处于一种不断检测光盘的状态，而高速光驱在工作时，其内部的电机及控制部件都会产生很高的热量，因此，这种做法会对光驱的使用寿命产生相当大的影响。

2.6.1.2　就笔记本电脑而言特别需要注意的

食物与灰尘对台式机和笔记本的危害是同样的。但对笔记本而言，由于其构造和使用环境的特殊性，还有一些额外需要注意的地方。

首先，关于笔记本电脑使用的最普遍的最大的也是造成直接经济损失最严重的一个几乎所有使用笔记本电脑的人都会犯的错误就是——在使用交流电时却没有把电池取出来。

你应该对这样的情景很熟悉了——一个人正在插着交流电使用笔记本。因为笔记本即使在电池充满电的情况下通常也就能连续使用两、三个小时，因此很多人为了怕麻烦，在周围有交流电的情况下，都会插着交流电来使用笔记本电脑，并认为这样可以一举两得，即可以不用电池中的电，又可以同时给电池充电。而实际上，这种做法正是这些人在两三年后的某一天，吃惊地发现他的笔记本电池在充满电后竟然只能用几分钟甚至1分钟的缘故了。

原因就在于，在插着交流电的情况下使用电池未卸下的笔记本，会令笔记本的电池始终处于一种边充电边放电的状态，而笔记本使用的锂电池

虽然没有记忆性，但却有充放电次数的限制，通常绝大多数锂电池也就能充放电 500 次左右。因此，这种边充电边放电的使用方式会疯狂的缩短电池的使用寿命。尽管电池管理系统会根据一些电池的电压变化采取一些控制措施来减少一些在这种边充电边放电情况下的电池充放电的次数，但这种控制谈不上什么智能，而实际使用的情况又相当复杂，根本无法起到特别有效的作用。

因此，最明智的也是最有效的减少电池毫无意义的充放电次数并最大限度的延长电池的使用寿命的做法就是在使用交流电的时候，一定要把电池从笔记本上卸下来。不会有任何一个笔记本电脑的说明书会告诉你这么做（这甚至直接导致了相当数量的用户以为笔记本只插交流电而不放电池就根本无法工作），而这也正是笔记本用户总是抱怨电池使用时间越来越短的原因。事实上，这可能压根就是笔记本制造厂商的一个诡计，不告诉你这一点，就可以很容易地让你的笔记本电池早日完蛋，以便可以再从你钱包里抢走上千元来卖给你块新电池。

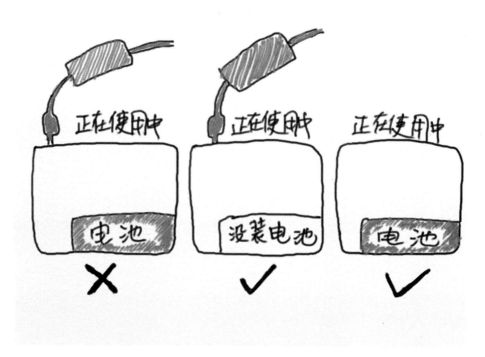

那是不是只要在使用交流电的时候把电池取下来就可以了呢？

除了那些整天在空中飞来飞去的商务人士和马不停蹄的记者外，大多数人的笔记本在很多时候事实上是充当了一个台式机，都是在插着交流电使用。因此，既然在插着交流电使用的时候应该把电池卸下来，那么，对相当多的人来说，有可能会出现这么一个情况，那就是你很可能会发现连续几个月都没有必须使用电池的情况出现，如果任情况这样发展，则事情又会走向另一个极端——锂电池很可能因为过度放电而遭受巨大的损伤——寿命大减。

　　有些电池内部可能内置了过放电保护电路，一旦检测到电池内的电压下降到低于阈值，这个强大的保护电路就会从睡梦中惊醒，把电池从正常的缓慢放电的状态打入十八层地狱——以一种你匪夷所思的方式果断而有效的终止了电池的缓慢放电，这种方式是那么地果断和那么地有效，以至于一旦保护电路被触发，即使你再给电脑插上交流电，你的电池也无法再被充电了，它被"彻底"的保护起来了！

　　但不管怎么说，一块被保护起来的电池本质上还是好用的，只是它需要被"激活"。当然，这就意味着你需要用铁棍撬开电池，操起你以前感到恐惧的电烙铁，向那些密密麻麻的电路开火。

　　为了避免这个激活电池的麻烦出现，你应该怎么做呢？很简单，只需每三个月在不用电脑的时候，把电池重新安放回笔记本上，然后给笔记本插上交流电，几个小时之后，待你的电池充满电后，再把电池卸下来就可以了。就这么简单。

　　对于我们中爱干净的朋友来说，把笔记本电池取下来后，你会发现这会让电池仓中原本被电池挡住的几个洞洞暴露出来（一般是一两个洞洞），由于这些洞洞并不算小，因此长期不带电池使用时灰卷卷会从这些洞洞中飘进去，因此，也许你愿意用两个棉花团把这两个洞洞堵住。

　　除了电池的使用误区外，如果说食物和饮料对台式机的威胁主要集中在键盘上，那么，在笔记本旁边大吃大喝所威胁到的就是整台笔记本电脑了，原因你很清楚，笔记本的键盘下面就是主板，两块钱的可乐报废2000元主板的事情是上不了新闻的。

　　虽然笔记本被称为便携机，但这并不意味着你可以将笔记本携带到任何地方以及在任何情况下使用。有些人喜欢在床上使用笔记本电脑，似乎

只有这样才能让他感到他买的确实是一台笔记本电脑。然而，在床上使用笔记本是不明智的，因为床的柔软的表面会在笔记本自身重量的压力下轻易的凹陷下去，从而遮挡住笔记本的通风口，这会严重影响笔记本的散热，轻则引起笔记本的死机或重启，重则会让你的小本本在难当的酷热中一命呜呼。

2.6.2 软件方面的

一个健壮的软件系统可以阻挡住那个疯狂的家伙多达 98 次的对你的电脑的攻击。那么对我们普通人来说，什么样的系统就可以说是健壮的呢？在我看来，一个安装了好的杀毒软件、管用的防火墙、谨慎地对待各种外来盘，并打满了补丁的操作系统就是一个健壮的软件系统。下面让我们一样样来看。

2.6.2.1 安装杀毒软件——没有什么比这更重要

大多数人的计算机中都安装了杀毒软件，但即使这样，大多数人的计算机仍然会经常感染病毒并发作。除了杀毒软件的更新速度必然落后于病毒的更新速度外，你安装的杀毒软件够不够好也是一个重要因素。

那么，什么样的杀毒软件是好的呢？具有何种能力的杀毒软件才能在你闯荡江湖时给你多一些的保障呢？根据我这十五年使用电脑的经验，好的杀毒软件至少应该具有以下三个特征：

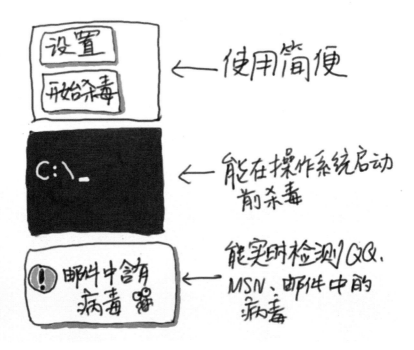

- 操作简便，一目了然。

　　一个使用起来很麻烦或让你绞尽脑汁研究其配置方法的杀毒软件绝不会是一个好杀毒软件，因为使用麻烦，就很可能导致一些必要的选项没有被选中，或者你根本就不知道该怎样用它，要不就是在提示发现病毒时没有好的处理机制。只有不用看帮助文档就能明白怎么用的杀毒软件才是一款好杀毒软件。

- 能在操作系统完整启动前杀毒。

　　有些杀毒软件（包括有些较知名的品牌）不能在操作系统完整启动前杀毒，而只能在 Windows 模式下杀毒或说只能在操作系统完整启动后才能杀毒，而事实上，很多时候，一旦病毒发作，你根本就进入不了 Windows。因此，永远都不要相信一个不能在操作系统完整启动前杀毒的杀毒软件。

　　而且，更为重要的是，很多病毒会先于 Windows 的部分系统程序和服务进驻内存之前抢先进驻内存，并在内存中挑块好地方把自己隐藏起来，或是把自己嵌入到部分系统程序所占用的内存中。一旦病毒

已经加载到系统中，则在这种情况下，杀毒软件或者是无法找到病毒，或者是即使找到了也杀不了，因为它在肢解病毒前先要把病毒和它的宿主剥离开，而在这种情况下它做不到这一点。

● 能实时监测病毒（包括 QQ、MSN 和邮件中的病毒）。

目前所有的杀毒软件都声称能实时监测病毒，但其中有相当一部分的能力有限，一些杀毒软件无法很好的监控邮件，以及 QQ、MSN 等即时通讯软件运行时传送的数据中包含的病毒。相信你一定对你某位朋友的 QQ 莫名其妙的向你发送过一些颇有诱惑力的信息感到过纳闷，这就是 QQ 中毒时的典型表现。

另外，有些杀毒软件有服务器版和客户机版两种版本，一些高级的功能（比如实时监测邮件中的病毒）通常只在服务器版上才提供，客户机版则不提供，而有些家庭用户误以为安装了这种杀毒软件的客户机版就可以了，实则不然，因为对于这种杀毒软件来说，其安全性完全建立在有那么一个服务器存在且服务器上已经安装了该杀毒软件的服务器版的前提下，它的客户机版只是起一个辅助作用，主要的安全完全靠服务器上安装的服务器版的杀毒软件来保障，仅仅安装客户机版会带来非常大的安全问题。

我目前用的杀毒软件是 KV2009（是从 KV2005、2007、2008 一路用过来的），同之前用过的其他品牌的杀毒软件比较，KV 杀毒软件我比较满意。

但仅仅安装了杀毒软件并不能保障你的计算机就安全了，就像每天胡吃海塞并不能保证你营养均衡，反而会让你消化不良一样，如何正确的使用杀毒软件在很大程度上决定着杀毒软件是否能充分发挥出作用，对于这一点，我将在第四章讲解。

2.6.2.2 安装防火墙——事实上，对你的攻击从未停止过

直到你安装上防火墙的那一刻，你才会吃惊地发现，这个世界上竟然会有那么多人对你的这台乖乖的与世无争的小电脑感兴趣。

我所认识的每一个人的电脑都安装了杀毒软件，但其中大多数人的电脑没有安装防火墙。事实上，有相当一部分人并不太清楚防火墙是做什么的——"这东西听起来挺酷"——这就是大多数人对防火墙的认识，当然，

另一些人则固执地认为防火墙就是杀毒软件的另一个名字。

那么，防火墙和杀毒软件到底有什么区别呢？在已经安装了杀毒软件的情况下还需要安装防火墙吗？

让我来举个例子。你在超市买了一盒金帝巧克力，正准备送给最爱的人。结果，在你从超市出来的时候被一个因为小时候吃了太多的巧克力而得到了满口蛀牙，从而对所有购买精致糖类的人怀恨在心的人盯上了。他的计划就是一头把你撞倒，然后把巧克力用脚踩个稀巴烂。这个邪恶的家伙真的这么干了，他冲过来了，眼看你就要被撞翻在地了，然而就在这千钧一发之际，你的忠实的卫士——一只名叫"小家伙"的重达250斤的纯种藏獒猛扑上来将这个邪恶的家伙掀翻在地，你得救了，你准备送给最爱的人的礼物也安然无恙。

在这里，这只藏獒就好比是杀毒软件，而这个满口蛀牙的家伙就是病毒，杀毒软件通常就是在这样一种你能明确感觉到危险存在的情况下发挥作用的。

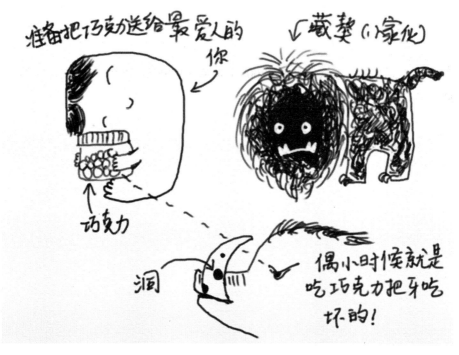

那么，再来试想另一种情况，还是这个满口蛀牙的执著而又邪恶的家

伙，在上次吃了亏并打了狂犬疫苗后，这次他改变了战术，他不再硬拼，而是准备智取。他蹑手蹑脚地跟踪到你家门口，在确认你和你的小家伙尤其是你的小家伙已经外出旅行后，他用从地摊上买来的一串做工粗糙的万能钥匙不厌其烦地一次次地尝试着开启你家的门锁，在消耗了 15 个小狗熊干脆面和二十根三汇优级火腿肠后，他终于如愿以偿地打开了第一道门锁，并成功地触发了你家安装的红外电磁核共振亚以太循环负聚变 α 粒子报警系统，5 分钟后警察赶到将这个蠢货带走了。

在这里，你家的这套先进的报警系统就相当于防火墙，而此次这个满口蛀牙的家伙就相当于网络攻击者。他会在你没有意识到的情况下对你的计算机发动一轮又一轮的攻击，除非你安装了防火墙（报警系统），否则你将不会意识到你的计算机已经被攻破。

想想如果没有安装报警系统会怎样，那么一旦这个满口蛀牙的家伙攻破了你家的几道门锁后，就会再次冲向那盒金帝巧克力，将它狠狠地摔在地上并踩个稀巴烂，而你准备把它送给最爱的人的整个计划也就落空了。

把镜头切换到你的计算机里，情况就是无聊的网络攻击者在使用嗅探器找到了疏于防范的端口并攻破后，就可以部分或全面地控制你的计算机，从而干出一些对你的同事而言骇人听闻对你而言欲哭无泪的事情，比如向你的计算机中注入木马程序来窃取你存在计算机中备忘的银行密码和与美女的 QQ 聊天记录等极有价值的信息。

那么，安装什么样的防火墙好呢？

防火墙的机制比较简单，大多数防火墙都可以对你的计算机进行足够的防护，我的意思是它们都可以对你的计算机的所有与外界进行数据交互的端口进行实时监控（有些杀毒软件会自带防火墙，你在安装这种杀毒软件时防火墙也会自动被安装上）。但有两个功能不是每个防火墙都具备的，而我认为这两个功能用处极大：

其一就是能够实时检测你的计算机中有哪个程序正试图连接 Internet，因为一旦你的计算机被注入木马（或中了病毒），其典型表现就是该木马会立刻试图连接上 Internet，向它的主人报告它已成功登陆的消息，以便它的主人可以对你的计算机干出更令人发指的事情。好的防火墙就能够敏锐地发现这个不寻常的举动，并果断的拦截下这个可疑的动作同时向你报告该程序的名称和其他相关信息以等待你的进一步指示。

其二就是能够在检测到来自远方（但也不排除就是你隔壁）某个可疑 IP 地址对你的计算机进行的端口扫描或攻击时，不仅能直接了当的封堵住来自这个 IP 地址的任何举动，而且还能够弹出一个对话框，向你询问你打算对这个举动作出何种程度的回应，可供选择的回应方式通常有这么几种：

- 阻挡该 IP——只是简单的阻挡住该 IP，把它挡在门外。
- 向来源 IP 发回一句话——比如"你是一泼臭狗屎"之类相当 Power 的话，这句话通常会以对话框的形式在攻击你的那个蠢家伙的计算机上弹出。

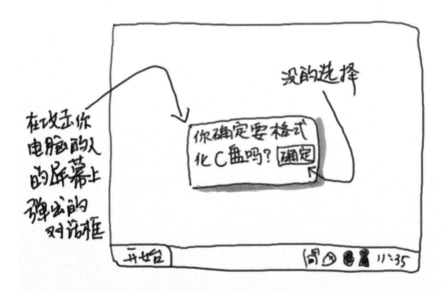

- 向来源 IP 发回一个数据包或文件——这是最强有力的自卫反击。不首先使用核武器的最佳典范。这个攻击者不是想从你的计算机中搞点什么东西回去吗，那好吧，就让他如愿以偿地取走一个引线已经点燃的炸弹吧。使用这种方法，你可以将任何你高兴送给攻击者的文件、病毒、木马发送给他。

如果你还没有安装上防火墙的话，那么，现在就去做这件事吧。很多

杀毒软件和安全软件制造商都推出了针对个人计算机的免费的单机版的防火墙软件，你可以到网上搜索一下，选择一款不管从介绍上还是安装后的实际使用上都令你满意的防火墙软件。在你部署了防火墙后，我敢保证，在你上网的时候，你会发现几乎每隔半个小时防火墙就会向你报告来自某某某个 IP 地址的攻击。甚至，你会发现你的计算机已经被安装了某个木马多时了。

> 补充：在我写"安装防火墙"这个小小节时，时间是 07 年的初秋，那个时候 Vista 刚推出半年，还没有流行，多数人还在使用着 XP 系统。而对于 XP 系统而言，只有升级到 SP2 后操作系统才会带有防火墙。SP 指的是 Service Pack（服务包），何谓 SP 我将在后面的 2.6.2.5 小小节予以说明。
>
> 而在我写"补充"这段话时，时间已经来到了 2010 年 5 月。现在，所有新出厂的机器都已经预装了 Windows 7 系统，当然，如果你的机器是前两年买的，预装的会是 Vista，但不管是 Windows 7 还是 Vista，都已经自带了一款不错的防火墙，因此，你不需要额外再安装防火墙软件。
>
> 如果你模模糊糊地感到曾有一个询问你某某程序要连接 Internet 你是否允许的对话框弹出过而你点击了同意，但现在又不确定当时的决定是否正确的话，你可以在"控制面板"中点击"允许程序通过 Windows 防火墙"在弹出的"例外"对话框中对打勾的程序和端口一一审视一下。

2.6.2.3 对待外来盘的态度——外来的即危险的

所谓的外来盘，不仅仅指别人的和你新买来的软件光盘和 U 盘，而且也包括属于你自己但在最后一次查毒后又在别人的计算机中待过的盘。

对于所有这些外来盘，你应该保持相当的警惕性，你应该首先假定它们是有罪的，除非经杀毒软件的检查证明它们是清白的。

那么，怎么保持警惕性呢？尽量做到以下两点：

一，开机前，确保光驱中没有光盘，USB 接口上也没有插着 U 盘。

这是因为，为了方便用户，目前绝大多数计算机都支持从光盘或 U 盘启动计算机，当然，这种支持可以在 BIOS 中禁止。但如果这个功能正处于激活状态，那么，在这种情况下，假如光盘或 U 盘上含有某种活力很强的病毒的话，在光驱试图去读盘以从光盘启动计算机或计算机正试图从 U 盘启动时就可能触发病毒使病毒进驻内存，从而对整个系统造成感染。

二，理论上说，使用任何外来盘前都应该对这张被假定有罪的盘进行全面的查毒。

　　但事实上，由于时间宝贵，对外来盘进行全面查毒是不切实际的。但完全不检查的做法同样也是冒失的。因此，可行且较为稳妥的办法就是仅在启动或打开极有可能潜藏病毒的文件前对文件进行检查。这类文件可称为高危文件。最典型的就是 Word 文档和 EXE 文件。

　　在打开外来盘上的这两类文件前，你应该总是先对该文件查毒，通常的做法就是在该文件上点击鼠标右键，然后从弹出的上下文菜单中选择"对该文件查毒"或其他类似的明显是表达这一意思的菜单项。

　　有人说安装的杀毒软件不是可以实时监测文件中的病毒吗，直接打开文件应该也可以吧，即便是含有病毒也可以实时杀死。没错，是可以实时监测，但实时监测不等于可以实时杀死。

　　如果你在查毒前就先启动了该文件，则假如该文件中含有病毒的话，启动文件这一事件就足以把这个病毒唤醒并使它迅速在内存中潜藏下来。尽管与此同时你的杀毒软件的实时监测也发现了该文件带毒的事实。你本希望你的杀毒软件可以迅速而干脆的清除病毒，然而，实际情况往往不像你想象的那样容易，有接近 1/4 的情况就是你的杀毒软件能监测出病毒的存在但却杀不了它。经历过灰鸽子和熊猫烧香等特效病毒的朋友们应该对此深有体会。在针对该病毒的专杀工具发布之前，如果你没有一些手工杀毒的基本技能的话，你基本上只有欲哭无泪和目瞪口呆的份儿。本书的第四章中将向你传授一些简洁但相当管用的手工杀毒方法。

2.6.2.4　要及时缝补你的操作系统

　　想想看，当一个小偷面对一扇上了五十把锁的门时会做出什么反应？没错，他会立刻转向下一家碰碰运气。同样的道理，攻击总是发生在疏于防范的地方。

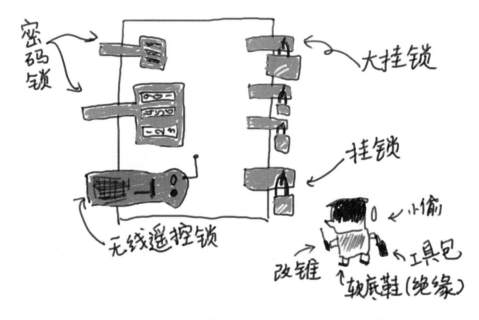

除了安装防火墙外，及时给你的操作系统打补丁也是极其重要的工作，很多时候，你只需打上一块小小的补丁，就可以阻挡住大部分二流黑客的攻击。尤其对于普通大众用户所喜爱的 Windows 系列操作系统而言，操作系统的安全是完全建立在补丁摞补丁的基础上的。

但我所接触的很多普通大众用户，似乎完全忽视了给系统打安全补丁这一极其繁琐极其讨厌但又极其重要的工作，而当系统被安装了木马，QQ被盗号，以及可恶的病毒四处发作时又哭天抢地，悲愤交加地将所有的罪过都迁怒到该死的 Windows 上。这样是不对的。

那么，怎样才能及时给系统打补丁呢？

如果你使用的是正版的 Windows 系统，对于 Windows 2000/XP/Vista 以及更高版本的 Windows 7 系统而言，你只需打开 Windows 的自动更新功能就可以了。Windows 会自动从微软网站下下载那些最重要的补丁，你只需按照简单的提示一步步安装上即可。

如果你使用的是版本很老的 Windows 系统，则你可能需要自己登录到微软网站上找找看是否有哪块你能用得上的补丁。如果你使用的是盗版的

Windows 系统，由于微软最近几年在反盗版方面勤奋而卓有成效的工作，你可能无法使用 Windows 的自动更新（在你使用自动更新功能时，微软的网站会自动检测你的系统是否是正版的，并只给正版提供自动更新服务），在这种情况，不排除很多人会想要使用 Google 来碰碰运气。但我的建议是购买一套正版 Windows，Windows 7 家庭基础版现在的价格是 300 多元，基本可以接受了。

在这里要特别指出的一点是，微软公司不会通过电子邮件来发布安全补丁和任何重要更新。如果你收到一封电子邮件，其声称附件中是一个重要的安全补丁，或是一个最新发布的服务包或超强的微软拼音输入法之类的总之让你一看就特想安装它的东西的话，请毫不犹豫地删除这个邮件。这个极具吸引力的附件必含木马或病毒无疑。

给一扇门上 50 把锁远比在没有钥匙的情况下打开这 50 把锁容易得多，当你认认真真地给你的系统打上一个个小补丁后，你立刻就能感觉到"Made in 微软"的补丁和"Made in 黑客"的病毒之间的较量，结果往往以入侵者的失败而告终。

来自市场的声音同样明确了补丁的江湖地位，很多著名 IT 公司的网络安全部的主管都公开发表言论表示在认真地打上了所有该打的补丁后他们的系统再也没受到过攻击者的困扰。

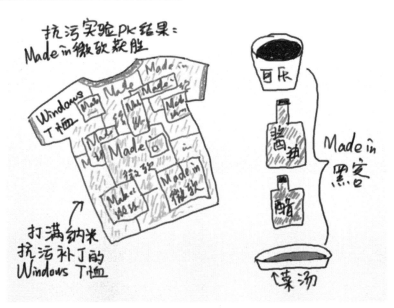

很多家庭用户用户不喜欢打补丁的原因主要是觉得打补丁太麻烦。的确如此，安装一块补丁不麻烦，麻烦的是要坚持每周安装最新发布的那些被微软认定为"严重"或"重要"级别的补丁。微软的补丁实在太多了，而且还在源源不断的增加。除了数量众多外，微软本身在补丁管理上也存在问题。尽管微软公司拥有大批才华横溢的青年才俊，但因为内部协调不力，各个部门往往会针对一个漏洞，从不同角度开发出不同的补丁，这也给广大用户带来了不小的困扰。并且，每次自动更新安装完补丁后，系统常常会要求你重新启动计算机以便让这些补丁生效，如果你选择稍后再启动，则不管你正在进行的工作有多么重要，多么不能被打断，你都会每5分钟收到一次让你重启动的"善意"提醒，搞得你烦不胜烦。

> **补充：** 在 Windows Vista 推出后，Windows 2000 和 XP 时代这一安装完补丁后总是不停提醒你重启动的恼人问题已得到了完美的解决。

然而，同不打补丁而中木马和病毒相比，打补丁所付出的麻烦还是小得多。随着越来越多的类似《让你从弱弱的菜鸟锻炼成令人仰慕的黑客》这样的书纷纷面世，有越来越多的提着水果刀的准黑客开始行走江湖，他们雄心勃勃，水平很次而且没有职业道德，常以欺负低年级小学生为乐——疏于防范的普通家庭用户的电脑。这些准黑客攻击疏于防范的家庭电脑的目的就是窃取你的姓名、地址、身份证号、银行卡号和密码等个人信息，然后到街上给小广告上的电话打过去伪造一张信用卡，很快你就会为这些没有道德的黑客购买电视机了。

2.6.2.5 但当某个补丁看起来大过衣服本身时你要当心

安全补丁都不大，文件体积通常在几百 KB 到几 MB 之间。对于这种体积的补丁，你可以放心的安装，因为不管从内容还是体积上看，它们只能是一块补丁，功能就是补上一个漏洞。

一只兔子一样大小的兔子只能是一只兔子，但一头非洲象一样大小的兔子可能是一只兔子也可能就是一头非洲象。每隔半年到一年，微软就会放出一种叫做服务包（Service Pack）的巨无霸，这是一种猛犸级的全面升级，强大，猛烈，里面不仅包含了这半年或一年来所有的安全补丁，也包含了大量与安全无关的其他方面的升级和补丁，是一个真正够劲的家伙，它的体积通常会高达几百 MB。

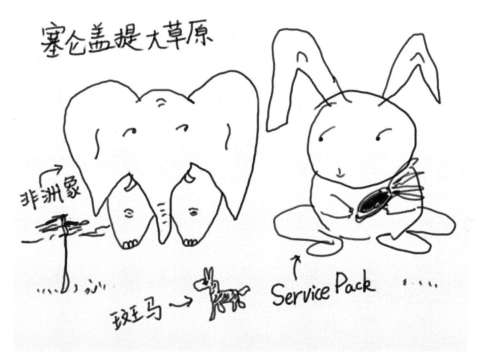

这种服务包存在的意义在于，你可以省去打几十个甚至上百个安全补丁的麻烦，一次性的把这些安全补丁都打上，而且还可以获得服务包中提供的针对系统其他方面的升级和增强。此外，有些时候，当你想要安装基于 Windows 系统的某些时下比较先进的软件时，在安装需求上都会有系统要安装有某某服务包（Service Pack X）的要求。

但在是否安装这个服务包的问题上，我建议你保持克制的态度。换句话说，任何时候当你面对一个庞大而诱人的服务包时，你的脸上都应该呈现出若有所思的表情。这是因为，尽管强大而方便，但因为冒失的安装服务包后导致系统局部异常（输入法出错、部分软件无法使用、提示丢失文件等等），甚至整个系统发生紊乱，乃至最终彻底崩溃的事情是时有发生的。

这也是为什么每次在安装服务包时，这只非洲象一样大小的兔子都会谨慎地提示你备份你的系统，因为连它自己也不确定在它进驻你的系统后会发生什么事情，对它自己是靠不住这件事它是心里有数的。

而且，很多时候，即使你做了备份，在安装完服务包发现系统紊乱并

哆哆嗦嗦的试图根据提示卸载服务包并恢复备份时，你会哭都来不及的发现虽然服务包已经卸载了，备份也恢复了，但这台计算机再也不是原来的那台计算机了，它只是变成了一个旧版本的紊乱的系统。

道理其实不难想象，当一头非洲象一样大小的兔子失控后，在一片竖着"请勿践踏"小牌子的草地上惊恐的狂啃乱跳一番然后被赶走后，你还能指望那片草地看起来和原来一样吗？

但有些时候你又不得不安装这个服务包，在这种情况下，相对来说较为稳妥的方法就是在安装服务包前，先上网用你所使用的操作系统的名称和要安装的这个服务包的名称作为两个关键字，然后再加上第三个关键字（这第三个关键字可以是"崩溃"、"不能用了"之类的词语），用这三个关键字搜索一番，你会从搜索结果中得到很多让你一想起来就后怕的警示和极其有价值的启发，而且，很可能会同时获得在崩溃发生后如何尽量恢复原状的苦口良药，甚至如何能事先就避免崩溃发生的妙招等等。

另外，有必要提一下的是，由于微软最近几年在反盗版方面卓有成效的工作，使得很多使用盗版 Windows 系列诸系统的用户发现他们花费了几个小时终于把这头猛犸下载下来后却因为没有必要的序列号而无法安装任何一个 Service Pack。这确实很不幸，不过与其费尽心思冒着中毒的风险在 Google 上搜索来搜索去访问那些危险的网站，更好的选择是——购买正版。

2.6.2.6　不要把 Windows 打磨得太过锋利

当你的手中有一把锤子时，所有的一切看起来都像是钉子。

相当一部分用户，在某个悠闲的周末安装了超级兔子或优化大师后，在吃惊地发现自己的系统中竟然堆积着这么多的陈年垃圾后，脸上的表情会由难以理解慢慢变为发人深省，并最终转变为一丝愤怒，因为他终于明白这些垃圾是怎么产生的了！作为一个每天都洗澡，每天都穿着干干净净衣服上班的白领，计算机就应该是没有任何垃圾的！因此，这些认真的用户，在这一天，发下誓言——要把这些垃圾全部的彻底的清除！而且他们真的这么做了。然后，他们的计算机变成了一台非常干净的——但——无法使用的——电脑。

优化系统，其实，是一件有相当风险的工作。因此，像超级兔子或优化大师这样的专业的优化软件会在执行优化时给你提供一个"推荐"的优化方案，你应该采纳这个推荐的方案，这个方案是安全的，是经过大量的测试证明在绝大多数的情况不会对你的系统造成任何损伤的。不顾推荐方案，而采用诸如"最大优化"或"终极优化"这般字眼的方案，则是非常危险的，甚至可以说 100% 是会在一定程度上出现问题的。

因为你要明白的一点是，所谓的优化，是建立在优化软件的作者通过对 Windows 系统架构和工作机制的分析和研究所得出的结论的基础上的。这些结论有很多，其中的每一条都能让作者发现一些"垃圾"。作者根据自己的研究认为"这些"东西是"垃圾"的可能性很大，而"那些"东西看起来"应该不是垃圾"。但究竟"这些"东西是不是"垃圾"，作者自己也无法 100% 确定。事实上，几乎没人能确定这一点，即便是微软自己也没有十足把握，这从微软每天都在赶制各种款式的新补丁就可以看出来。

　　而且，Windows 系统的代码有上亿行，里面的结构极其复杂极其错综，没有人从头到尾读完过这些代码，即使读完了也无法搞清楚其中所有的奥秘。其中一个奥秘就是，一些"垃圾"之间存在着某种……，怎么说呢……，暧昧的关系。有些"垃圾"，为了讨论方便暂时称为"垃圾 A"吧，只在另一堆"垃圾"——暂时称为"垃圾 B"——存在的情况下才是真正的"垃圾"，当"垃圾 B"被优化软件清除后，那些原本应该是"垃圾"的"垃圾 A"会因为突然间找不到昔日的伴侣"垃圾 B"而惊骇的面如死灰，暂时性休克过去，缓过神来后则是永无休止地哭天抢地，发誓要找回"垃圾 B"。除非优化软件能同时将"垃圾 A"也一并删除，否则，"垃圾 A"的这种病态的癫痫发作就会让系统在一定程度上出毛病或彻底崩溃掉。

　　所以，不要把优化作的太过火，不要把 Windows 打磨得太过锋利。对优化，你应该保持一种克制和适可而止的态度。

2.6.3　来自网页的威胁

　　相信每个上网时间长一点的人都会碰到过刚打开某个网页，杀毒软件就报告发现病毒的情景。由于访问网页而感染病毒现在已经成为病毒传播的最主要方式。

2.6.3.1　趴在网页上的病毒

每当你准备点击一个链接访问一个网页时，一副这样的图画都应该映入你的脑海——一只灰灰的长满毛刺的鸡蛋大小的球形病毒正趴在这个即将被访问的网页上不怀好意的盯着你。

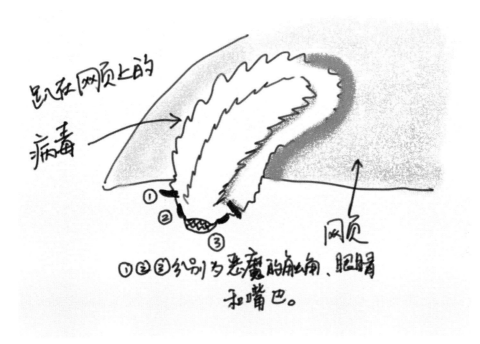

不熟悉网页病毒的人可能很奇怪，普普通通的 HTML 页面实际上只是一个纯文本文件，怎么竟会隐藏病毒代码呢？答案是相当数量的网页不仅仅只包含普普通通的 HTML 标签，还嵌入或链接有 JavaScript 脚本代码或文件（.js）或 ActiveX 插件，这些脚本或程序文件会随着无辜的 HTML 页面一起被下载到你的计算机的本地临时文件夹中。一旦被下载下来，内置于你的 Windows 操作系统中的脚本语言工作环境——Windows Scripting Host（缩写为 WSH）——就会立刻冲上去解释和执行这些脚本程序，而如果这些程序中含有病毒代码的话，你的计算机就立即中招了。

还有的时候，为了躲避杀毒软件的实时检测，这些随页面下载的JavaScript 脚本或 ActiveX 插件中本身并不含有病毒，而是含有一段看似无害的程序，而这段看似无害的程序的作用却是极度有害且不利于健康的——它会将位于远方网站中存放的含有某个够劲病毒或木马的文件（通常是 .exe 或 .dll 文件）下载到你的计算机中。

那么，如何才能尽量避免在访问网页时被病毒咬到呢？如果你就此问题搜索 Google，你会找到一大堆的所谓"通常的"方法，包括在 IE 中禁止脚本程序的执行一直到高难度的修改注册表。然而，这些所谓通常而言的方法一旦在实际中运用起来，你会发现它们都是些非常愚蠢和极其不便的手段。比如，如果你真的禁止了脚本程序的执行，你会发现很多正常的网站你根本就无法使用了，能点击的按钮现在不能点击了，原有的图片现在变成了一个大大的叉号。

事实上，由于所有的脚本文件都是靠 WSH 来解释的，因此，如果你真的是及时打上了微软发布的所有安全补丁（其中就包括最新版的去除了更多漏洞的 WSH），很少有网页病毒能伤害到你。

事实的事实，问题就在于很多用户总是因为这样或那样的原因不能及时打上所有必要的补丁，在这种情况下，有两个方法可以较方便的保护你的安全：

一，装最新版本的超级兔子或优化大师。这些软件针对猖獗的网页病毒内置了脚本监控技术，可以对脚本服务模块进行多层次的分析和处理，一方面能保障清洁的脚本文件在浏览器中正常执行，另一方面又屏蔽了漏出病毒端倪的脚本文件的执行。

二，可以尝试一下 Firefox 浏览器。由于 Firefox 采用了安全独立的内核，不再采用 ActiveX 插件技术，因此在有害插件防范方面比 IE 浏览器有独到的优势，可以彻底杜绝 ActiveX 类的恶意插件。根据华盛顿大学的调查统计结果，使用 Firefox 感染病毒的机会只有 IE 的二十分之一。

除上述外，还应该远离高危网站，因为高危网站可能含有一些火力最猛的病毒，而对这样的病毒，如果你够明智的话，是应该尽量远离而不是主动靠近的。

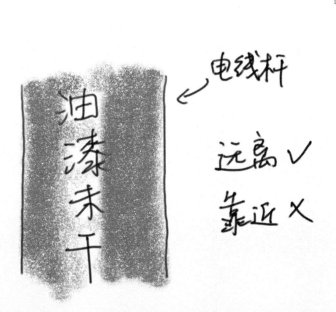

所谓的高危网站，通常是指下面这样几类：

一，色情网站。这样的网站几乎无一例外的都含有大量的病毒。尽管对有些人来说，这样的网站似乎永远有着无法抗拒的诱惑力。

二，免费网站。这样的网站同样几乎无一例外的都含有大量的病毒。尽管对另一些人来说，这样的网站也似乎永远有着无法抗拒的诱惑力。但最终，这些人会发现，这些免费网站真的会让自己花掉一大笔钱。

三，QQ上发来的带有各种诱惑性或莫名其妙语言的网址。这通常是你的一个中了QQ病毒或木马的好友或陌生人给你发来的。

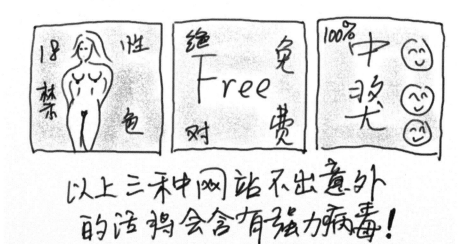

以上三种网站不出意外
的话将会含有强力病毒！

另外，还有一点我要特别说明一下，那就是现在绝大多数邮件客户端程序（比如 Outlook Express）都支持 HTML 格式的邮件，而这样的邮件实际上就是一个网页。因此，如果这封邮件的脚本代码中含有病毒的话，即使你没有打开邮件的附件，也仍会立刻感染病毒。因此，为了安全起见，你应该毫不犹豫地在 Outlook Express 中禁止邮件的 HTML 预览／支持功能。

色情和免费网站这类高危网站含有病毒是非常可以理解的，但事实上，即使一些看起来相当可靠的官方或著名的门户网站也会在某个时段含有病毒，尤其是一些安全意识不强的政府网站，时不时地就会被黑客攻击，被放置病毒或挂上木马。

但不管怎么说，只要你打好了所有必要的补丁，安装上了最新版的杀毒软件和防火墙，并尽量不去访问高危网站，你基本上就可以安心的在 Internet 上冲浪了。

2.6.3.2 当流氓成为一种流行

自 04 年开始，一种继病毒、木马之后的新型的邪恶势力开始横行，它就是流氓软件。当然，一听它的名字，你就可以断定它决不是什么好东西。

那么，什么是流氓软件呢？所谓流氓软件，也称灰色软件，是一种介于正常软件和病毒木马之间的东西（但更多地偏向于病毒和木马那端），它会在未经用户许可，利用用户操作习惯，在未向用户明示的情况下，通过与其他软件捆绑、系统漏洞等一切非正常途径强行安装（最经常发生在用户浏览网页时），并且在安装后无法正常或完全卸载。

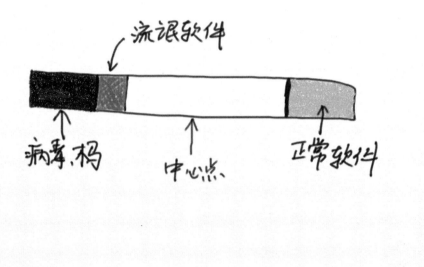

同现实中的流氓主要做侮辱妇女、仗势欺人、聚众斗殴这些坏事一样，流氓软件的流氓行径主要有这样几种：

- 强行安装到用户电脑上，且无法卸载。
- 强行弹出广告，借以获取商业利益。而且由于不停的弹出广告，会对用户正常的上网活动形成干扰或严重干扰。
- 偷偷收集用户在网上浏览和消费时的行为习惯、账号密码。
- 流氓软件终日在前台和/或后台运行，消耗或严重消耗着用户的计算机资源和带宽，造成用户在操作计算机和浏览网页时速度变慢。

正所谓流氓懂技术，谁也挡不住。

目前，已知的最老牌的最著名的流氓软件就是原先的北京三七二一科技有限公司开发的 3721 上网助手、地址栏搜索及网络实名这几款软件。上网时间稍微长点的人几乎没有不中过这几款流氓软件的招的。

早在 2005 年 7 月，网络行业协会就点名批评了当时称霸江湖的十大流氓软件（该信息可在人民网查到，网址是 http://it.people.com.cn/GB/3538067.html），其中有名不见经传的小公司，但也不乏名头如雷贯耳的大牌公司。然而，要论到谁是老大，没什么能让 3721 排到第二，它就是第一，它就是终极，它就是众所周知的 3721！流氓软件中的王牌！

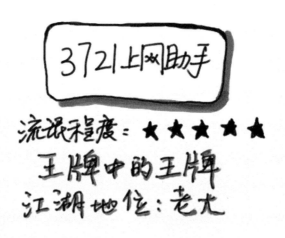

随着全民声讨流氓软件的声势日盛，国家有关部门也开始关注此事，一些大厂商开始收敛，部分原因是因为在那段耍流氓的美妙日子里已经赚足了钱，达到了预期的推广和营销目的，部分原因也是试图恢复自己已经扫地的声誉，它们开始陆续从良，并推出了一些专用卸载工具用以卸载自己曾经强制安装到用户计算机上的流氓软件。

到 2006 年下半年的时候，这股流氓软件的风气似乎已经有所减弱，然而，2006 年年底时的一起官司不能不引起我们的注意，这起官司是一家开发流氓软件的公司起诉一家开发反流氓软件的公司，起诉的原因是自己开发的流氓软件被反流氓软件认定为流氓软件而被卸载了，从而使自己不能继续要流氓而导致利益受损。

令人吃惊的是，法院最终在认定流氓软件确实存在不当行为的情况下还是判开发反流氓软件的公司败诉了，究其败诉的原因主要是因为相关法律的缺失。这场胜利似乎让开发流氓软件的这家公司吃了定心丸，壮了胆，于是它扛起巨大的火箭筒，又相继向其他几家著名的开发反流氓软件的公司发出了气势汹汹的律师函。这是一个极不好的征兆，从现在起我们所有人都必须当心了，流氓软件在一度的退缩后开始酝酿反扑了，而且更加隐蔽。

法律的出台总是有一个滞后期，这倒不是说要到火烧屁股时才能出台，而是说要到火烧掉一半或者多半个屁股后才能出台。因此，在等待相关的整治流氓软件的法律出台前，我们必须知道如何保护自己可爱的小电脑免遭这些流氓软件的侵扰。

那么，怎么才能免遭流氓软件的侵袭呢？两个方法：

一，少靠近流氓软件。具体地说就是：

- 尽量不要访问色情网站、免费网站，以及 QQ 上发来的带有各种诱惑性或莫名其妙语言的网址。这些网站都是以营利为目的的，而流氓软件就是为了以不法手段获取暴利而"发明"的。

- 在安装任何软件时，不要总是什么都不看的盲目地点击"下一步"（这是很多人的习惯——一个相当危险的习惯）。很多时候，在安装软件时（尤其是在安装免费或共享软件时），经常会在安装的某一步出现一个你是否要安装某些插件或软件（这些插件或软件默认是被选中的）的询问，务必仔细看看这些插件或软件的名字，其中有一些就是你耳熟能详的流氓软件，取消对这些流氓软件的选择，然后再点击下一步。注意，当你无法从这个插件或软件的名字上看出它是做什么的时，不要犹豫，取消对它的选择。

二，备足对付流氓的武器。

目前已经有很多相当不错的对付流氓软件的专业工具。我本人目前使用的是超级兔子，它可以自动检测你的计算机中是否被安装了流氓软件并可以在发现后彻底地清除。除了超级兔子外，还有奇虎360安全卫士、Windows清理助手、完美卸载插件卸载、恶意软件清理助手、WOPTI流氓软件清除大师、瑞星卡卡等，但这些我没有用过，因此不知道具体的使用效果。建议你即使在安装反流氓软件前，最好也上Google查一下其他使用过该软件的用户对它的评价，因为不排除极个别打着反流氓旗帜的软件实则背后却真真正正干着流氓的勾当。

前面说过，流氓软件，介于正常软件和病毒木马之间，但更靠近病毒木马一端。因此，经常有人就问，流氓软件是病毒吗？怎么说呢，流氓软件可能是病毒，也可能不是病毒，事实上，准确地说，正是病毒。因为判断一个程序或软件是否是病毒或木马的标准，就是看它会给你造成多大的麻烦和损失，一些流氓软件实际造成的损失甚至已经大于病毒和木马，从这个角度看上去，流氓软件只像一样东西，那就是病毒。现在，国家计算机病毒应急处理中心在检测杀毒软件产品时，已经加入了检测流氓软件的项目。因此，对于流氓软件，你应该保持相当的警惕。

2.6.3.3　它似乎在询问我是否要安装某个东西？

除了通过捆绑在其他软件中安装到你的计算机中外，流氓软件的强行安装到你的计算机中的卑鄙行径主要就是利用浏览器的漏洞，在你访问网页时完成的。如果某个网页被安插了流氓软件，则当你访问该网页时，流氓软件就会在你完全不知道的情况下安装到你的计算机中，你可能对此感到有些吃惊，没错，就和病毒木马们所用的手段一模一样。

但还有另外一种情况，就是你在访问某个网页时，你发现这个网页似乎下载的有些慢，等了好半天终于显示出内容时，你却失望地发现很明显有些重要的内容没能显示出来，在本该出现内容的地方打了一个叉或是给你留下一个诸如你需要安装某某东西才能看到这些内容的小纸条，正在你诧异这到底是怎么回事，以及犹豫不决这小纸条上说的鬼东西到底是什么玩意儿以及到哪儿才能搞到这个东西时，一个对话框出现了。对于一个有一定上网经验或思维缜密的朋友来说，他会认真阅读这个对话框中所表述的内容，最终明白，只要点击这个对话框中的"Yes"，那个小纸条上所提到的东西就会被安装到你的计算机上，然后你就可以看到此时你还看不到的那些内容了。

听起来相当不错，对于有一定上网经验但没有丰富上网经验的人来说，面对装还是不装这个问题时，通常是犹豫片刻但最终还是按下了Yes。而对于另一些人来说，比如之前提到过的傻得可爱的超级大菜鸟之类的人来说，在这种情况下通常是毫不犹豫地点Yes，甚至连对话框上写的是什么都不去留意。

然而，从安全角度上考虑，这样做是非常危险的，因为，事实上，你并不知道在你点击Yes后会有一个什么样的东西被安装到你的计算上，这就好比在火车上，一个完全陌生的人递给你一瓶已经开了封的矿泉水，而你就这么冒冒失失地喝下去了。在这种情况下，完全不排除你正在把一个木马安装到你的计算机中的可能性。

　　这倒不是说必须要对所有以这种方式弹出的对话框点 No，因为用来播放网上的 Flash 动画的 Flash Player 也是以这种方法安装的。

　　正确的做法是，你要点击对话框上的证书按钮，然后认真阅读看这个证书是否是有效的，以及是否是得到权威组织鉴定的，并确认它的确是来自某个你非常信任的著名公司。如果这个东西来自某个你不熟悉的公司，那么，你应该毫不犹豫地点击 No。不要受那些叉叉的诱惑，因为对于任何一个有点脑子的网站来说，所有真正重要的东西必定会以最普通的最保险的方式传递给你，只有那些无关紧要的内容才会以这种必须下载和安装某些东西才能看到的不可靠的方式传递给你。因此，不看它们，你不会漏掉任何重要的东西。

　　即使这个东西不是匹木马，只是一个基本无害的普通的程序，冒然安装它也是不明智的，因为你并不知道这个浏览器插件本身是否有漏洞，浏览器自身的漏洞已经够多了，你好不容易通过打上一摞补丁终于能勉强应付那些攻击者了，结果又因为多余安装的这个浏览器插件本身所含有的漏洞被攻击者攻破了，以致前功尽弃，那就太不值得了，而所有这一切换来的只是看到了某个蠢货在屁股上钉了20枚钉子这样一条极其 HOT 极其愚蠢的新闻。

而且，除了这些浏览器插件本身极有可能存在漏洞外，由于现在所有的网站都在一遍遍地重复发明轮子，因此，几乎你每到一个稍微像点样的大网站，都会弹出这种要求你安装某个插件的对话框，而所有这些插件的功能几乎一模一样，无外乎就是让你知道在他们网站也能看到那个蠢货在屁股上钉了20枚钉子这条蠢得不能再蠢的新闻。

在你安装了一堆这些名目繁多而功能单一的浏览器插件之后，你的浏览器和计算机就会开始出现一些莫名奇妙的问题和故障，比如经常打不开浏览器、或者常常莫名其妙的死机、或者报告内存冲突等等诸如此类的问题，所有这些都是由于乌七八糟的浏览器插件之间相互竞争彼此冲突引起的。而且，这些重复发明轮子的网站，还会经常推出在功能上看不出任何区别但却全新的浏览器插件，这样你甚至不得不为一个网站安装多个浏览器插件。最后，你的计算机将除了浏览器插件外再也没有地方安装任何别的东西了，而所有你获得的就是再也没有哪个网站的那条某个蠢货在屁股上钉了20枚钉子的新闻能难倒你了。

还有些时候，当你访问网页时，它会甜甜地完全是一幅讨好样子（抑或讨打？）地向你弹出一个小小的对话框来试图给你某个小建议，比如"你要把我们的网址放到你的收藏夹里吗？"，在你明智的选择点击 No 后，却发现仅仅过了万分之一秒后这个对话框就又出现了，你很吃惊，于是你又想在点击完 No 后，在万分之 0.5 秒内把鼠标快速的移动到浏览器窗口的右上角点中那个关闭按钮，然后你又一次吃惊地发现，你竟然做不到这一点。

在这种情况下，唯一的办法就是按下 Ctrl+Alt+Delete，开启 Windows任务管理器，在其中选中这个浏览器窗口，然后点击"结束任务"按钮，等一会儿后，你就会看到一个对话框出现，点击"确定"就可以了（那个该死的网页终于被关闭了）。

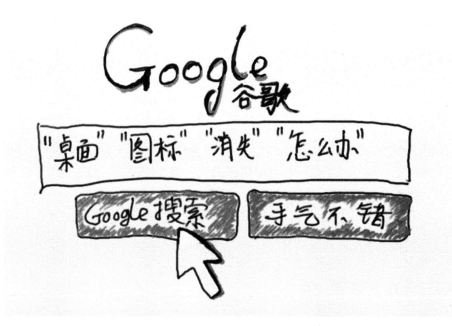

　　微软出了个新版本，Windows XP，据大家说是'有史以来最稳定的 Windows'，对我而言，这就好像是在说芦笋是'有史以来发音最清脆的蔬菜一样'。

——Dave Barry

第 **3** 章

电脑出现问题时我首先应该做什么

首先要做的一件事情就是——所谓首先要做的就是说在做其它任何事情之前一定先做这件事情，这件事情就是——不要恐慌。

不要恐慌，保持镇定。

……

就仿佛你的电脑还是功能齐全的那样。

3.1 总是要回答 No

当电脑出现问题时，也就是说出现异常时（可以想象这个异常在被你看到之前已经在 CPU 和内存中度过一段相当艰难的时光），最终往往会表现为在屏幕上弹出一个对话框，或是在 DOS 提示符下出现一句话，不管是一个对话框还是一句话，内容基本上都是向你提出一个在它（电脑）看来比较棘手或者极为困惑的问题，不得不征求你的意见，下面简单的有个 Yes 和 No 的选择。

在这种情况下，除非你真的确定你知道这个询问的内容是什么意思，否则的话，在你不确定或完全莫名其妙的情况下，你应该坚决地选择 No，这是最保险胜算最大的选择。

妈妈：上学好吗？

宝宝：不。

妈妈：回家好吗？

宝宝：不。

妈妈：吃饭好吗？

宝宝：不。

为什么要选 No？这件事情你要这么来考虑，电脑这东西总的来说还是能干点事的，在以它的判断某件事情是明摆着时，它一定会自己搞定而不会来麻烦你，只有当它收到一个自相矛盾或让它感到极其困惑的指令时，它才会相当不好意思地来打扰你。而这个指令恰恰就是导致异常出现的原因，比如一个来路不明的程序执意地要打开你的计算机的某个正常情况下绝对应该被关闭的端口或是在没有充分理由的情况下非要拿到某个正常情况下应该被禁止的特权。

你的计算机盯着这个来路不明的程序看了一会儿，拿不定主意是该满足它这个要求还是该拒绝它，它斟酌再三后感觉这件事不得不向你报告以征求你的意见，于是它在屏幕上弹出这样一个对话框——"是否允许 XXX程序获得 YYY 权限？"，显然，在这种情况下你应该选择 No。但相当一部分人出于一种不想承认自己对计算机知识缺乏的心理，不管计算机向他提出多么专业多么晦涩多么完全让人有理由看不懂的问题他都坚定地点击Yes，似乎只有果断地回答出一个 Yes 才能表明他已经完全理解了这个对话框的意思，让他对自己更有信心。这种心态和习惯往往导致了一台已经或

即将出现问题的计算机更进一步地向难以收拾的局面塌陷下去。

要想在一个小小的对话框中向不懂计算机的普通用户解释清楚这些晦涩的问题究竟是什么意思确实是相当困难的，但事实上如果换个角度看，这个问题并不难解决，这其实主要是一个语法问题，只要让计算机以后采用一种反意疑问句就可以解决这个问题。比如，就上面那个例子而言，改成反意疑问句后就变成了"你并不打算允许 XXX 程序获得 YYY 权限吧？"。既安全又有自尊。

3.2　不停地操作电脑并不能使一切恢复正常

很多人在当电脑出现问题时，不管是电脑死机了，还是桌面图标突然间全部消失了，抑或是突然不能访问网络了，要不然就是屏幕突然狂乱的闪烁起来，总之，一旦电脑出现异常，他们最喜欢做的一件事情就是不停地操作电脑，拼命地点击鼠标，按键盘上所有的键，企图通过这种方法使电脑恢复正常，似乎电脑之所以出现问题就是因为以前操作的太慢导致的。而事实上，这只会让事情变得更糟。

由于 Windows 系统对内存和文件管理的混乱，往往使得很多程序在运行结束后并不能有效的释放曾经使用过的内存，因此，每当你使用了相当长一段电脑后，电脑的很多本可以使用的好内存就装满了垃圾，而可以使用的内存自然也就越来越少，以致很快就没有地方运行新启动的程序了。为了解决这个棘手的问题，开发新的楼盘，Windows 房地产开发有限公司开始四下寻找新的地皮，它要够大，足以开发超大型楼盘。市中心是没什么地儿了，最后，位于郊区的一块叫硬盘的地皮被看中了，虽然偏了点，交通不太方便，事实上全都是盘山公路，但是地方够大，空气也还行。于是 Windows 把很多暂时用不上的存储在内存中的重要的——垃圾——小心地倒腾到硬盘上，这样就腾出了一些新的好内存。

但随着时间的推移，这种图一时痛快的把硬盘当内存使的技术的弊端就显露出来了，由于不断地产生新的垃圾，又要不断地运行新的程序，以致于最后不仅暂时用不上的东西被放到了硬盘上，就连立即要用到的东西都不得不放到硬盘上了，而刚刚放到硬盘上后，发现又需要立马使用它，于是又连忙从硬盘上搬回内存中。就这样，Windows 房地产开发有限公司不得不把全部的精力和人力物力都花在了把一座座大楼装上车顺着盘山道小心翼翼地运下来，然后再把大楼安放到市中心的商业区里这一极其乏味又极其繁重的工作上。由于 Windows 全部的精力已经投入到试图倒腾出更多内存这件繁重工作上了，因此，它就不得不对你发出的任何指令置若罔闻，在你看来就是死机了。而且，由于事实上已经再也没有任何新内存了，最后一滴内存也早已经被用完了，因此，桌面图标的消失就很自然了，存储桌面图标的内存两周前已经被倒腾到硬盘上了，现在正火速从乌鲁木齐往回赶，在到货之前，各位用户就只能暂时委屈一下看看没有图标的纯桌面了。

那么，在这种时刻正确的做法是怎样的呢？正确的做法就是，不要做任何操作，静静地等待一会儿，因为你操作的越多，你就发送给 Windows 更多的命令，这只能加剧交通的堵塞。静静地等一会儿，看看交通是否能自动疏导开。两分钟后，如果你感到 Windows 已经缓过一口气了，你就可以赶紧关闭几个没有用的程序或窗口，保存尚未存盘的工作；如果两分钟过去了，仍没有任何迹象表明情况有所好转。看下一节。

3.3　努力夺回控制权

　　需要一些强制手段了，按下 Ctrl+Alt+Delete 键，这是一个级别最高的中断，不管 Windows 此时正在跟什么玩儿命，只要它一息尚存，就会停下它正在处理的一切事情，然后努力的试图响应这个最重要的指令——显示给你一个任务管理器对话框。在 90% 的情况下，这个对话框是会出现的，这是一个很好的机会，切换到应用程序栏，选中一个显示"未响应"的条目（可能是某个应用程序，或是一个浏览器窗口，等等），然后点击"结束任务"，如果你运气好的话，系统会弹出一个对话框告诉你这个程序已经被结束，这意味着压死骆驼的最后一根稻草被拿掉了，而 Windows 也就得以重新抖擞精神，将控制权郑重地交回你手中。

　　如果在你点击"结束任务"后，什么都没有发生，没有弹出任何表示情况有所好转的对话框，还是处于无任何响应的状态，这个时候，你要做一件事情，这件事情相当重要，很多人就是因为没有做好这件事情而失去了这唯一一次夺回控制权的机会的，这件事情就是——继续再等待一会儿。

　　通常只需再安静地等待一分钟，你就会收到这个程序被关闭的消息的，然后你就可以夺回控制权了，很多人就是因为没有再等待一会儿，一看到程序没有如愿的被关闭，就又使出杀手锏，再次轮起 Ctrl+Alt+Delete 这根大棒，猛敲地面唤出已被砸得一头蘑菇的土地爷，向它发号施令要它去关闭那个该死的程序，而结果可想而知，程序还是没有被关闭，Windows 连上一次的关闭命令都没有完成，又怎么可能来执行这次的命令呢，就在你不太开心的第三次按下 Ctrl+Alt+Delete，试图第三次唤出土地爷时，你吃惊地发现，现在连土地爷也不出来了，没错，由于你频繁的操作，终于成功地把整个大地浇筑成混凝土疙瘩了，太硬，土地爷钻不出来了。这就是前一节所说的在电脑出现问题时不停地操作电脑的坏处，只能让事情变得更加的难以收拾。

这时的电脑已经彻底死机了，真正的死翘翘了。所以，尽管你有那么多重要的文档没有保存，有那么多重要的网址没有收藏，有那么多做了一半的工作没有做完，但一切都无法挽回了，现在只有一条路可走了，那就是重新启动电脑。

3.4　试着重新启动一遍电脑

不知道有多少次，你的电脑出现的各种稀奇古怪的毛病和问题都能通过简单的一次重启动来解决。比如，有一些软件在安装后无法使用，或是启动后看不到任何画面，而且也没有出现任何提示使你能意识到你究竟做错了什么，总之，没有任何指导。

而事实上，没有任何指导，实际上，就是有某些指导。其中最重要的一个指导就是——你要重启动电脑。在你重新启动电脑后，多半你会吃惊地发现这个软件可以正常使用了。原因在于很多程序在安装后使用前需要在 Windows 系统中做一下住宿登记，而由于种种原因这个住宿登记的过程

可能在进行到一半时被打断了，可能是负责登记的人正好到午饭时间了，从而不得不去完成法定的用餐工作，而把登记的后半段手续留到饭后再进行。而计算机在启动过程中会检索注册表，这相当于宾馆的大堂经理例行检查各岗位的工作境况，如果发现有没有完成的住宿登记，就会根据已经填写了一半的登记信息把剩余的登记工作完成，这时，你的程序就可以正常使用了。

重启动的神奇不仅仅在于能让无法使用的软件开始正常使用，很多诸如桌面图标消失、屏幕乱闪、网络突然无法访问、音箱或声卡突然不出声了等等等等，太多太多，数不胜数，而所有这一切，有相当多的机会，可以通过一次简单的重启动得到解决。当然，不排除在有些情况下，即便你重启动后，问题还是依然如故。这时，不要恐慌，你还有一个机会让问题得到解决，而且只比一次简单的重启动稍微麻烦一些，这就是——连续两次的重启动。在一次简单的重启动后，再来一次简单的重启动。没有人确切地知道为什么再来一次重启动就又能解决一些仅仅一次重启动还不能解决的问题，或许这意味着要认真对待某件事就必须把它做两遍才行。说真的，很多人不知道连续启动两遍的秘密。

3.5 到 Google 上根据问题症状搜索答案

在 N 次重启动后，如果问题仍然得不到解决，且如果你的电脑还能上网的话，就到 Google 上去查找答案吧。把你遇到的问题，比如"桌面图标都消失了"作为一个关键字，然后把"怎么办"或"解决方法"或"故障"之类的词作为另一个关键字，用这两个关键字来搜索，通常会找到你要的答案。

很多时候，能否找到答案，很大程度上取决于你使用的关键字是什么。如果你发现用你目前使用的关键字无法搜索出答案或者令你满意的答案，你可以试着换一下关键字，通常是把以前连在一起的长的关键字（甚至长到可以称之为关键句子）再分割成几个更小的关键字，比如，如果你发现用"桌面图标都消失了"+"怎么办"作为关键字搜索不出你满意的答案，甚至搜索出 0 条结果，则你可以试着把"桌面图标都消失了"拆分成"桌面"

+"图标"+"消失"这样三个关键字，然后使用"桌面"+"图标"+"消失"
+"怎么办"这四个关键字来展开搜索，总会有些收获的。

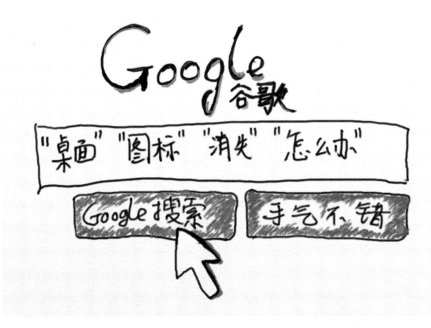

　　此外，有的时候，对于某些问题，你甚至连应该使用什么关键字来进行搜索都没有主意，在这种情况下，你可以通过下面这样一种变通的或说逐步接近的方法来了解应该使用怎样的关键字来进行搜索。方法就是，用一句流畅而自然的话来尽量准确的描述出你所遇到的麻烦，然后把这句话来作为关键字进行搜索，Google 能赢得包括我本人在内的如此多忠实用户的信赖绝非浪得虚名，Google 在搜索方面所表现出的人工智能和语义分析能力实在不能小觑，它可以理解你所要试图找到的东西，并会尽量把最符合你所寻找的结果放到你的眼前，你可以通过仔细观察一下 Google 搜索出的结果页面中的那些文章是使用的怎样的关键字来进一步明确和优化你的搜索关键字，并最终搜索出你所需要的结果。

　　如果一张毫无表情的金属面孔能显出愁眉苦脸的样子，那么，你的电脑现在正是这副样子。

第**4**章

我的电脑又中病毒啦！

如果一张毫无表情的金属面孔能显出愁眉苦脸的样子，那么，你的电脑现在正是这副样子。

端着冲锋枪的病毒来袭击你的电脑，被杀死了，扛着火箭筒的病毒来袭击你的电脑，被杀死了，干掉半斤二锅头酒后驾车的病毒来袭击你的电脑，你的电脑被杀死了。

名叫偷你没商量的木马来偷袭你的电脑，被发现了，名叫 F117 全隐形超真空负变夸克阿尔法中微子绝对不可能被发现的杰克的木马来偷袭你的电脑，被发现了，名叫猜猜这个漂亮 MM 的手机是 188052105210 还是 189052105210 猜对有神秘大奖喔的木马来偷袭你的电脑，你的银行账号被黑客发现了。

总有一片洋葱能让你流泪，也总有一款病毒能让你中招。

你的这台愁眉苦脸的电脑现在又换成了一副兴师问罪的表情盯着你。

4.1 如何正确杀毒及正确使用杀毒软件

当然了，要正确杀毒，前提就是要有一款好的杀毒软件，关于什么是好的杀毒软件，我在 2.6.2.1 节已经讲过了。当然那节中所谈到的三点只是极端重要的必需，就好比我们普通大众选购汽车时，最重要的三点毫无疑问是安全、省油、以及便宜，但除此以外你很可能还会在越野性能、发动机动力，以及大礼包方面有一些强烈要求。对于杀毒软件也是一样，在满

足了这三条外，一些用户就会提出更高的要求，有些是合理的，而另外一些就不那么合理。

4.1.1 对杀毒和杀毒软件的误解

这里，我就谈谈几个普遍存在的对杀毒软件的误解。首先，是在速度方面的要求。

4.1.1.1 Wow，我喜欢它——它太快了！

很多用户都认为杀毒速度快的才是更优秀的杀毒软件，要求杀毒软件能够在杀毒时动作麻利点，别一杀就是几个小时。没错，杀得快些当然好，目前所有的杀毒软件厂商努力的目标都是在一秒钟内完成所有杀毒工作，绝不拖泥带水，尽管按眼下的速度还是要花掉个把钟头。

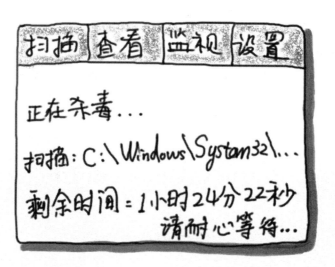

吃完一顿早餐所需的时间和什么有关？两个因素——早餐的量（是仅仅克制地吃三个包子＋一碗小米粥，还是三个包子＋一根油条＋一个鸡

蛋＋一碟开胃小菜＋两个橙子＋一碗小米粥，以及一个你平日最爱的孜然小肉饼）和你吃早餐的方式（是一个人了然无趣的用餐，还是边看一部你喜欢的动画片，边偷偷观察旁边那个穿短裙的皮肤白皙的漂亮女孩是否也在注意你）。

杀毒软件的杀毒速度的快慢同样也和两个因素有关——病毒库中要比对的病毒特征数，以及杀毒引擎的优劣。如果两款杀毒软件的杀毒引擎的算法同样优秀，而一款能查杀 10 万种病毒，另一款只能查杀 3 万种病毒，毫无疑问，那个能查杀 10 万种病毒的杀毒软件杀毒时要花费更多的时间，因为它在检查每一个嫌疑文件时要去比对一份包含 10 万个罪犯指纹的罪犯名单，而另一个只须比对 3 万份。

此外，一些优秀的杀毒软件引擎为了能够检查的更彻底，往往需要把文件的"里子"翻出来，这意味着杀毒引擎要对文件进行心思缜密的分析、脱壳，对于一些拿不定主意且有重大嫌疑的文件，某些超强的杀毒软件甚至会在内存中开辟的一块受到严密控制的已被围上高压电网的区域内"真正的"运行一下这个文件，以便让其中隐藏的很深的那个狡诈的鬼东西暴露出来，从而能一下子逮住它，而所有这些都需要更多的时间才能完成。相反地，不太优秀的杀毒软件的杀毒引擎就没有这么多功能，只是简单的让文件出示一下身份证就放行了，这可能让杀毒完成得很快，但很多病毒无法被查出来。

4.1.1.2　嘿，我真是个机灵鬼儿，下载了一个免费的杀毒软件

我知道有很多人喜欢用盗版。对杀毒软件也不例外，同样是决定下载一个盗版的来用。但这些仁兄很快会发现要找到一个能用的盗版杀毒软件远比要找到一个能用的盗版其他软件困难得多。更令人泄气的一点是，这些仁兄会发现他们费了好大劲下载的这些杀毒软件无一例外都是无法在线升级病毒库的。当然，这难不倒那些最忠实最倔强的盗版使用者，他会再花费更多的时间和精力去寻找那些"盗版的病毒库"（也就是那些不知道什么人整理出来的独立的病毒库文件）来下载，然后手动更新自己的盗版杀毒软件，其毅力不禁令人肃然起敬，甚至会让一些意志不坚定的人流下热泪。因为在这一艰难的寻找过程中，这位仁兄不知道要冒险犯难拜访多少

个免费的、色情的、充满了各种邪恶病毒的网站，而最后下载到的只不过是一个又一个不能用的病毒库，而在这一过程中不幸感染病毒的仁兄又何止成千上万。

我相信你有成吨的使用盗版的理由，超便宜（买张盗版盘或直接从网上下载就能用）、方便（不用跑腿去软件商店购买，或去银行或邮局汇款，也不用使用那些鬼知道是否安全的在线支付）、服务好（总是有那么多侠肝义胆的黑客不辞辛苦的来破解最新的版本）。但在所有这些原因中，最关键的原因其实还是因为便宜。如果正版的价格不是高得那么离谱的话，有谁不愿意花点钱自豪的安装一个正版呢。

现在机会来了，目前所有主流的优秀的杀毒软件的价格都很便宜，绝对是一个能买得起电脑的人可以承受的价格，以我所使用的正版 KV2009 为例，才 135 元，而且可以免费升级 5 年！相当的划算。这个价格和吃一顿饭或看一场电影差不多，而所得到的则是一款可以在任何你想的时候就可以升级病毒库的正版软件。每次我下载新病毒库时，想到又有一些不知死活的小病毒要大难临头了，心情就格外好，感觉就像吃了一个烤大地瓜，没错，只有痛快地吃掉一个烤得焦黄流油的香喷喷的烤大地瓜的心情才能与之相比。

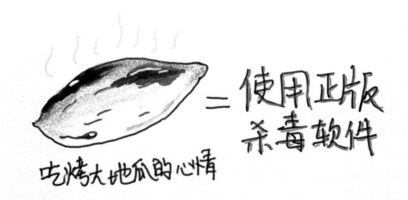

吃烤大地瓜的心情 ＝ 使用正版杀毒软件

如果你的经济拮据到真的只能购买一个正版软件的话，那就把这个机会留给杀毒软件吧，不管怎么说，你总需要一个至少自身能确保无毒的杀毒软件来给你电脑中安装的其他众多盗版软件来消消毒吧。不过，只要经济允许，你就该支持正版软件。这不仅是对知识的尊重，也是对自己的尊重。

4.1.1.3 至少要装三个杀毒软件才能够保障电脑的安全

的确，据权威测试显示，每一款杀毒软件都不能 100% 的查杀出所有的病毒，而且一款能查杀 10 万种病毒的杀毒软件也并不意味着就一定完全包括了另一款能查杀 3 万种病毒的杀毒软件所能查杀的所有那 3 万种病毒。

因为各个杀毒软件厂商至少在一定程度上是在各自独立地研究对付病毒的方法，因此，很可能对于某个病毒，那款 3 万种病毒的杀毒软件能杀，而那款 10 万种病毒的杀毒软件反而杀不了。当然，也不排除这个病毒就是开发那款能杀 3 万种病毒的杀毒软件厂商自己制造出来的。尽管没有可靠的证据，但把这作为一种理论猜测一下还是蛮有趣的。

好了，根据上述所说，我们可以得出这样一个结论，如果我们同时安装两个、三个，甚至更多个杀毒软件一定可以把渔网织得更密从而查杀出更多的病毒，一点没错。

但这里有个问题，那就是尽管杀毒软件厂商们总是宣称它们所采用的杀毒理念、杀毒机制，以及杀毒引擎是完全突破性的、绝对的空前绝后，但看看吧，看看吧，不管是普通的木头轮子（它应该为此感到害臊）、难以降解的塑料轮子、耀眼的纯黄金轮子、带有一个醒目的大箭头指向一行小字——购买铂金请认准 Pt 标志的铂金轮子，还是压有博派汽车人标志的钛合金轮子，这些轮子要想让自己滚起来，都不得不做成圆形。换句话说，要想让它们统统滚蛋，你不得不把它们弄成圆的！否则它们就会一瘸一拐地出尽洋相。杀毒软件也一样，为了能够占据杀毒的有利地形，对病毒在战术上形成一种非常有利的居高临下的绞杀之势，它们都需要抢占系统中最高的一块地方，而它们始终弄不明白的是为什么最高的地方只有一个，于是在你安装了多于一个的杀毒软件时，这些杀毒软件间就会展开殊死搏斗，每一方都把对方视为最强有力的病毒，绞杀、撕碎，然后再踩上几脚，待干完这几件事情之后，还不解气地从头到尾再来上一遍。这样一来，你

的电脑中即使没有病毒，也会被两个杀毒软件搞得乌烟瘴气，最后只能格式化硬盘了之。

因此，得出最终结论是——只安装一个杀毒软件。

明智的人都只戴一块手表。

4.1.2 设置好杀毒软件的选项

在你考虑了种种因素之后，你终于选中了一款你满意的杀毒软件。现在，这款棒棒的杀毒软件已经安装在你的电脑中了，下面我们就准备开始杀毒。

要正确的杀毒，首要的一点就是要对杀毒软件进行正确的配置。事实上，对于一款优秀的杀毒软件而言，它在默认安装后应该就是出于最安全的杀毒配置状态，但你出于一种对未知事物充满好奇和探索的天性，可能已经把这个杀毒软件给玩坏了，别担心，我的意思是搞乱了它的正确配置，现在，让我们检查一下杀毒软件的配置，看看它是否处于正确状态。

优秀的杀毒软件的配置都大同小异，我以自己的 KV2009 为例来说一下，打开 KV 的设置对话框（方法是选择"工具"→"快速启动"→"设置"→"运行"）。

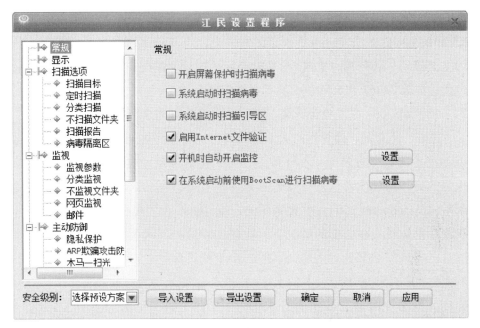

对了，我在这里先说明一下，你所使用的杀毒软件可能是别的品牌的，比如瑞星、卡巴斯基、诺顿、McAfee、NOD32、金山毒霸、BitDefender 等等，也可能是 KV 的老版本，比如 KV2008、KV2007 等等，或者新版本，比如 KV2010，因此，你的杀毒软件的设置几乎可以肯定不会和我这里所讲解的 KV2009 的设置完全一样，你的杀毒软件很可能会多出那样的一些选项而少了这样的一些选项，这都不影响，没关系，这不是重点。重点是我将通过对 KV2009 的设置的讲解来让你明白在杀毒软件设置中一些很重要的概念和共通的东西，了解了这些后，你会在如何设置你自己的杀毒软件的选项时有一个清晰的头脑，这才是我的目的。

当然，我相信有不少读者一定会想要问我这样一个问题，那就是——我认为的目前最好的杀毒软件是哪款。如果你问我，因为你问别人很可能会得到不同的答案，如果你问我，我会告诉你是 KV2009。这有几个原因：

一，我亲身用过很多款杀毒软件，诺顿、卡巴斯基、瑞星、McAfee、熊猫、趋势，同这些杀毒软件相比，我自己的切身体会是 KV 不管是在杀毒能力还是防护能力上均超越了它们。自从我于 2005 年安装了 KV 后，就再也没有重装过系统。很多时候，你用其他杀毒软件根本查不出病毒，或者即使是查出来后也杀不了，但用 KV 就可以利索的查出并立即杀掉它；

二，同 KV 之前的版本比较，毫无疑问的，KV2009（包括最新版的 KV2010）不管在功能、查杀病毒的数量上，以及稳定性和对系统资源的占用上都得到了进一步的增强，KV2008 因为设计上的问题对系统资源的占用过大，但 KV2007 和 KV2005 不存在此问题；

三，KV2009 可以免费升级五年，从经济上考虑这很划算。

还有一点就是，尽管目前大部分读者已经高高兴兴地迁移到了 Windows Vista 平台上，并且装上了 SP1 或 SP2 这两只非洲象一般的大兔子，但还有相当的另一部分读者依然在欢天喜地使用着 Windows XP 或 Windows 2000 或 Windows Server 2003 这些更老旧的系统。因此，为了照顾更多一些的读者，我将在讲解时，在必要的情况下，让使用着这些不同操作系统的读者都知道自己应该怎么来处理问题，同时，由于使用着更老旧操作系统的读者很可能也正在使用着更早版本的 KV，因此，尽管大多数时候我将以 KV2009 为例，但必要时候，我也会让 KV2007 来露个脸（因为考虑到 KV2005、KV2007、KV2008 几乎没有太大区别，而 KV2005 有点过老，而 KV2008 在占用系统资源上又有点过分，因此，我将统一用 KV2007 来作为 KV2005 和 KV2008 的代言人）。

4.1.2.1 几个常规选项

好了，让我们言归正传。在上图左侧的项目中点击"常规"选项卡，这个选项卡中的选项大多都相当的顾名思义，保持上图中所示的选择就好。两个意思表达得不那么直白的选项我在这里说明一下。

首先，"在系统启动前使用 BootScan 进行扫描病毒"，这是一个非常伟大的进步，它可以实现在系统启动前杀毒，知道这意味着什么吗？这意味着再也没有哪个脚力强的病毒能先于杀毒软件获得对系统的控制权。以往，为了杀死某些在系统启动时就会将自身进驻到内存中的顽固而邪恶的病毒，你不得不先重新启动计算机，然后选择以安全模式进入 Windows 系统，之后才能开始杀毒。而现在，这个麻烦的重启动工作已经一去不复返了，任何时候你都会在 Windows 正常启动之前有一个绞杀病毒的机会。这是一个重大的技术突破，同时也是用户体验的增强。

其次，"启用 Internet 文件验证"，启用该选项后，软件将自动连接互联网验证 Windows 系统文件的完整性，以保证系统文件没有被恶意替换，同时防止误杀系统文件，加快扫描的速度。

现在，再点击"扫描选项"下的"扫描目标"选项卡。

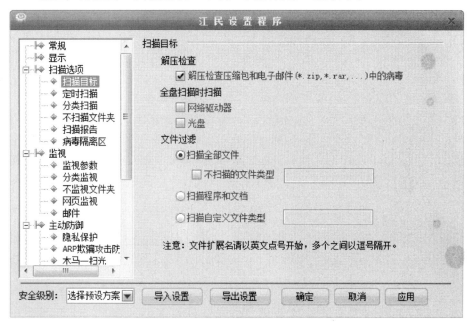

在"扫描目标"选项卡中你应该选中"解压检查"这一项。这是因为，尽管就目前的病毒工作机制看，被封在压缩包中的病毒是无法发作的，但这些病毒很可能会在你第一次解压该压缩包时发作，而且，不排除在不久的将来出现一种即使被封在压缩包中也能发作的劲暴小病毒。

绝不要相信某些文章中所说的为了节省杀毒时间可以不必选择查杀压缩包中的病毒，反正病毒在压缩包中也不会发作，即使有病毒也会在第一次解压时被发现的。这就像在一个装满炸弹的军火库中抽烟，没事，一点没事，只要烟头不掉到引线上就绝对炸不了，就算不小心掉上去了，赶紧用脚踩灭就行了，没事，放心抽吧。

4.1.2.2 一些关键设置——指定杀毒软件杀毒时的行为

点击"扫描选项"选项卡，这个选项卡中的选项能够顾名思义的我就不多说了，几个意思不那么显而易见的我来解释一下。至于如何设置，照下面这样来就可以。

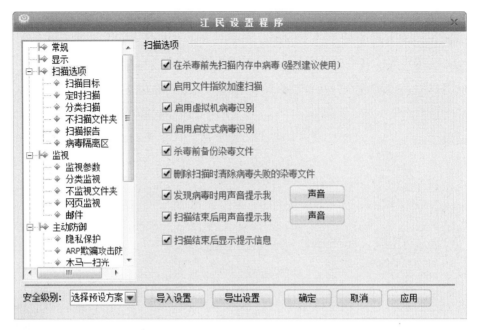

"启用文件指纹加速扫描"这个选项在 KV 之前的版本，比如 KV2007中被称为"使用智能扫描方式"，其实这只是一个用户体验方面的失败的例子，因为没有人能搞懂这个选项究竟是什么意思。现在，这个选项在 KV2009 中换了一个新名字，但这个名字在表达自己是干什么这方面又一次失败了，因为这名字依然让人摸不着头脑，而且 KV2009 的帮助里对此的解释也很让人恼火，它的解释是这样的——"此项是使用文件指纹加速扫描，这样的扫描方式会在很大的程度上提高扫描速度"。事实上，这种风格的帮助几乎已经成了 KV 软件的传统，从我最早使用的 KV2005 直到现在的KV2009，用一句话概括，那就是"说了跟没说没啥两样"。

既然官方的解释就是这了，那对其真实的意义，我只能展开推测了，以偶的智商（高达 147）结合对其他杀毒软件的相类似的功能的综合分析判断，这个选项的作用应该就是在病毒库没有更新的前提下若某一文件在上次扫描后没有发生变化，那么当再次扫描时将略过该文件，这可以在相当程度上加快病毒的扫描速度。此功能对于那些具有海量容量硬盘和海量文件的用户来说无疑是十分实用的。事实上，我做过测试，在选中和取消选中该选项的情况下，查杀全部硬盘所需时间的差别是非常大的。

"启用虚拟机病毒识别"就是我在前面所说的对于某些值得怀疑的文件，

杀毒软件会在内存中开辟出一块受到严密控制的已被围上高压电网的区域内"真正的"运行一下这个文件，以便让其中隐藏的很深的那个狡诈的鬼东西暴露出来，从而能一下子逮住它。用 KV 帮助的官方语言解释就是"在虚拟环境下虚拟运行，具有虚拟脱壳、虚拟识别等功能"。

"启用启发式病毒识别"，所谓的启发式病毒识别是一种主动防御技术，而所谓的主动防御技术说白了就是在尚未获得罪犯指纹和身份证的情况下就能判断出这个家伙是否是罪犯的一种技术。那么怎么判断呢？很简单，观察这个家伙都干了些什么。人家正常的程序启动时无外乎就是做点诸如检查一下命令行输入有没有参数项、打扫一下屏幕，并把原先的屏幕显示认真保存起来等等规规距距的事情，而病毒程序一启动则毫不含糊，直接就进行写盘操作、解码指令，不然就是搜索某路径下它的帮凶还在不在等诸如此类的非法勾当。因此，通过观察一个文件的举止，杀毒软件就可以判断出这家伙是病毒的可能性到底有多大。而"启发式病毒识别"的功能就是这个。

在这个选项卡中最重要的一个选项就是"在杀毒前先扫描内存中的病毒（强烈建议使用）"，看看括号中的几个字你就能明白它的重要性，务必确保该项被选中。有些喜欢拷问的读者可能会问，为什么要先扫描内存中的病毒？原因是……，我举个例子吧，一个阳光明媚的周末，你审视着你的房间，沉思着……，那个一个周前就应该丢弃的塞满垃圾的超市购物袋仍然呆在平日里它喜欢的那个角落，那只你很中意的小碗（用它来喝可乐特别带劲）的碗底有一小块可乐琥珀，里面凝固了一只活着时不太讨人喜欢的小虫，白色的地砖表面有一些褐色的粘糊糊的东西，不能确定它们是什么，但它们似乎是有生命的，因为每次你穿着你的拖鞋踩到它们时它们就会死命抓住你的鞋底不放，在你倔强得把鞋拔起来时鞋底又会发出"啪"的一声清脆但痛苦的低吼，你想是该打扫一下房间了。你低着头开始拖地，但此时有个专门和你作对的邪恶的家伙却跟在你身后在你刚刚拖完的干净地面上乱丢脏东西。在这种情况下，你还能完成房间的打扫吗？绝对不可能！你必须先挥舞着拖把把这个邪恶的家伙彻底赶出屋子，然后才能顺利地完成你的房间清扫工作。一样的道理，如果你不先把内存中的病毒清除，它就会不断地在你刚刚清除过的硬盘上再次写上病毒，你将永远不能完成

清除病毒的工作。

病毒发作后再杀毒常常为时晚矣，尽管有时你认为不晚，因为你并没有看到你受到什么损失，你有这种感觉的部分原因是可能你确实没受到什么损失，因为有些病毒并不是以破坏文件和窃取密码为目的的，它们只是让你的系统变慢；另一部分原因可能是你还不知道你其实已经受到了侵害，只是几个周甚至几个月后你才会知道你到底损失了什么。因此，我们应该养成定期杀毒的习惯，在病毒发作前就先发现并剿灭它们。

要定期杀毒，点击"定时扫描"选项卡。

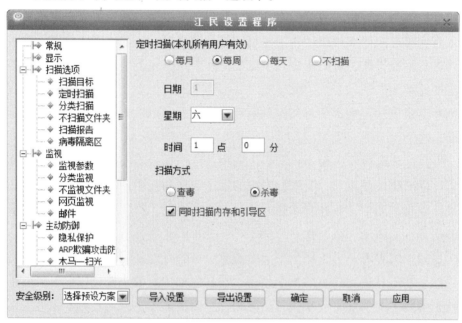

KV 的默认好像是每天的中午 12 点杀毒，这实在是过于频繁了，你不会有那么多杀毒时间的。通常每周杀一次毒就可以。我的习惯是每周六的凌晨 1 点开始杀毒，因此，我就只需如上图这样设置就可以了，然后我就可以指望 KV 在每周六偶还在甜美的梦乡中时完成它应尽的职责了。且慢！心思缜密的你可能会一针见血的指出这里存在一个巨大的骗局——如果我周五晚上关闭了电脑呢，难道电脑会半夜里自动开启并坚决地执行杀毒任务？！ Bingo！我喜欢和聪明人打交道。为了让周六凌晨自动杀毒的工作可以得以执行，我需要在周五晚上保持电脑开着，同时确保 KV 处于运行状态（即在桌面右下角的任务栏中能看到它的 Logo），然后我就可以睡觉去了。早上醒来后，经过一夜杀毒的体面而干净的电脑就可供我使用了。

在"扫描选项"这个类别中最无用（完全画蛇添足，甚至是相当危险）的选项卡就是"不扫描文件夹"选项卡。

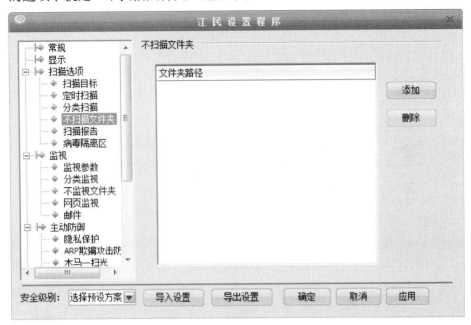

在这个选项卡中，你可以通过点击"添加"把一些你认为"不会中毒的文件夹（有谁知道这是哪个公司的专利产品？）"的路径添加到你眼前的这个列表中。以后，无论什么时候执行杀毒工作，都不会对这个列表中所列出的那些文件夹中的文件进行病毒检查。

这是个非常可笑的选项卡，我不知道有哪个病毒会因为你把某个文件夹设置为不扫描文件夹就听话的不去感染它。如果这个江湖规矩成立的话，直接把所有的硬盘根目录都添加到这个列表中就可以高枕无忧了。所以，正确的做法就是把这个列表中的所有文件夹都选中后，点击"删除"。

4.1.2.3 上网冲浪的安全保障——开启实时监控

在"监视"选项卡中，你应该把所有能开启的实时监控统统开启，就像下面这样。

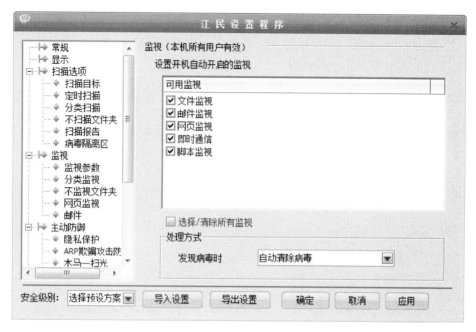

没有比开启全部实时监控更重要的事情了，这可以给你的电脑全面地保护。你可能会在某些书或者网上文章中看到有人声称，可以把一些平常很少用到的实时监控选项关掉，以换取一些系统性能上的提升。我怀疑写这些文章的人要么是不懂电脑，要么就是病毒的制造者。看看这几个选项吧，看看吧（你是在看吧？），有哪个可以关闭？！至于说关闭这些选项中的几个就可以获得系统性能上的提升更是无稽之谈，即使所有的监控都开启，所占用的内存也不到1M，关闭几个又能获得多少额外的内存呢，尤其是眼下用户电脑的内存基本上没有低于512M的，内存千分之一的增减对整体性能不会有任何影响。如果你真的感觉开启实时监控后对你的系统有明显的性能影响，那唯一合理的解释就是你正在使用一款不合格的杀毒软件，你需要做的就是更换一款优秀的杀毒软件。

在"监控参数"选项卡中，按照下面这样设置即可。

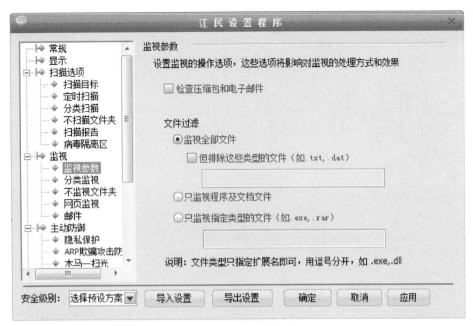

　　如果你真的宁愿在冒点风险的前提下（但我不建议你这样）想在杀毒时更节省一些时间的话，可以在"但排除这些类型的文件"下面的文本框中输入一些你认为几乎不可能含有病毒的音频或视频文件的扩展名，比如 .jpg、.gif、.mpg、.avi、.wmv、.asf、.rm、.rmvb、.wav、.mp3、.wma 等。这些文件几乎不可能含有病毒，但请注意我说的是"几乎"。事实上，能够感染 .jpg 文件的病毒好多年前就已经有了，而能感染 rmvb 的病毒也在2007年闪亮登场了，而且，由于病毒制造者们高兴地发现很多杀毒软件的用户都会把图像和音视频文件排除在检查之外，因此，很可能这类病毒在以后会渐渐多起来，所以，我建议你还是不要把这些文件排除在外，安全第一。

　　这个"分类监视"选项卡基本上是用来对付流氓软件的。全部选中就可以了。

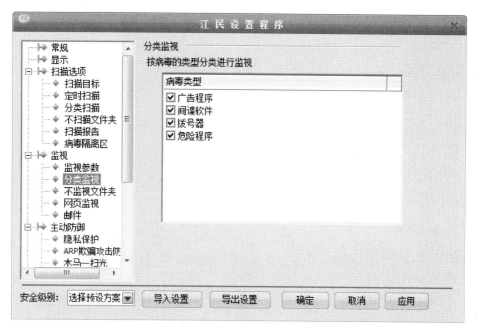

"不监视文件夹"同样也是一个画蛇添足的设置，保持里面的列表空着。

在"网页监视"选项卡中，按照下面这样设置即可。这些选项都很顾名思义，我就不多做解释了。

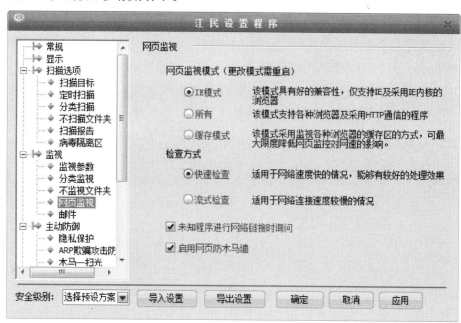

在"邮件"选项卡中只需选中"监视接收邮件"就可以了，不必选中"监视发送邮件"，因为在保持定期杀毒的前提下，你的外发邮件可以确保是干净的，因此对外发的邮件不必进行监视。

4.1.2.4　更严厉的监控——"主动防御"

在"主动防御"选项卡中我建议你只选中"未知病毒监控"这一项，对其他几项都保持不选中。就像下面这样。另外，不要在"服务器模式"上打勾，这样如果出现问题时你会知道是出现了什么问题。

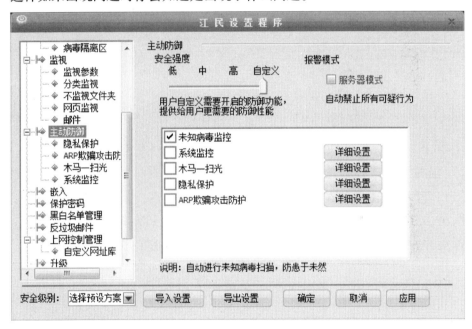

这看起来似乎有点危险，不符合我一贯的性格啊。确实如此，有一点危险，这就像每天带着把雨伞上下班确实能在按时收听天气预报外给你多一点的保护一样，但问题是天天带着把雨伞上下班会让本已经很乏味的上下班时间在很乏味的基础上更多了一种手忙脚乱。

譬如说，假如你在"系统监控"上打了勾，则不管以后哪个程序想干点下图中所列出的这些比较出格的操作，你的杀毒软件都会向它投去严厉的目光，让它解释解释它究竟以为它在干嘛！这很好，很有必要。然而，如果连你自己每打开一个浏览器窗口，杀毒软件也向你投来凶巴巴的目光，让你必须回答个什么问题才能继续进行的话，你会不会觉得这事做的有点

电脑使用说明书

过了呢？！

监控规则		✕

名称	处理方式	
☑ 创建文件	自动处理	关闭
☑ 程序注入	自动处理	
☑ 运行程序	自动处理	
☑ 对系统内核操作	自动处理	自定义
☑ 发送邮件	自动处理	删除
☑ 消息窃听	自动处理	
☑ 网络下载	自动处理	修改
☑ 修改系统时间	自动处理	
☑ 修改注册表	自动处理	

显然是过了。毕竟，它以为它是谁？！因此，保持"系统监控"、"木马一扫光"、"隐私保护"、"ARP欺骗攻击防护"这四项都不打勾。好了，既然这几项我们都不打算用，因此也完全没必要去研究其中的"详细设置"都是干嘛的。它们爱干嘛干嘛去。

4.1.2.5 什么叫ARP，什么叫ARP欺骗攻击

不过，将心比心，出于强烈的好奇，你可能此刻已经不管不顾地直面着点击"ARP欺骗攻击防护"选项后出现的这个一点也不友好的画面了。

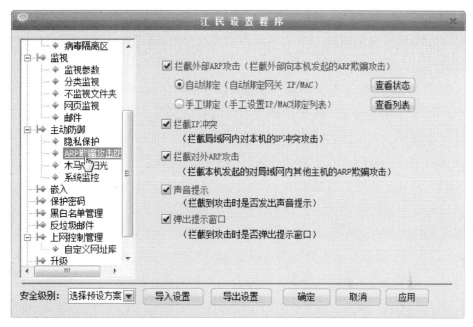

关上它吧，它只会让你头疼。我来给你解释解释 ARP。虽然我们不会启用"ARP 欺骗攻击防护"，但我同时也认为了解一下什么叫 ARP 什么叫 ARP 欺骗攻击对你是有用的。

ARP 的全称是 Address Resolution Protocol（地址解析协议），一个协议。这个协议用来帮着一台计算机找到另一台计算机。每台计算机都有个 ARP，而每个 ARP 都有个小本子，很薄的小本子，事实上统共只有一页纸，上面记满了在它看来挺重要的一些东西，比如在哪里能找到计算机小 A，在哪里能找到计算机小 B，以及在哪里能找到计算机小 C 等等。这就是 ARP 的作用。

现在我来给你讲讲什么叫 ARP 攻击，设想有这么一个网络攻击者，先鄙视一下他，他一把抢过你的计算机的 ARP 的小本子，把上面记录的计算机小 A、小 B、小 C 原本正确的地址都给改成错误的了，乖乖的小 A、小 B、小 C 也试图把这些错误改过来，但没办法，刚改成对的，你的计算机还没来得及看上一眼呢，那个网络攻击者就又一把夺过来给改成错的，这使得你的可怜的傻傻的小计算机每次看到的时候总是看到这些个错误的地址，结果你的小计算机就彻底傻眼了，谁也找不到了，往日的小 A、小 B、小 C 都找不到了。你的计算机，咱们直说吧，彻底从网上掉下来了。这就是

ARP 攻击。

ARP 攻击蛮厉害的，不过一般不会针对你的小计算机，这种攻击通常都是针对大型网站或网吧的。

接下来，我们来看看何谓"隐私保护"。在"隐私保护"选项卡中，你可以设置一些你希望对其进行密切监控的敏感信息，比如你的网上银行的账号和密码、你钟爱的网络游戏的账号和密码，你的家庭电话，你的身份证号码等等。在你设置了对这些敏感信息进行监视后，当你再访问某个网页时，假如这个网页通过明示（比如让你填写的那些名目繁多的各种表单）或暗地（通过挂在网页上的木马）的方式来试图收集你的各种信息时，假如它所收集的信息中包含已经被你设置为要进行监视的敏感信息的话，则 KV 就会自动地阻止这个网页的这一危险的举动，保护你的这些敏感信息不会通过那根电话线或网线被那个该受到诅咒的网站所获取。

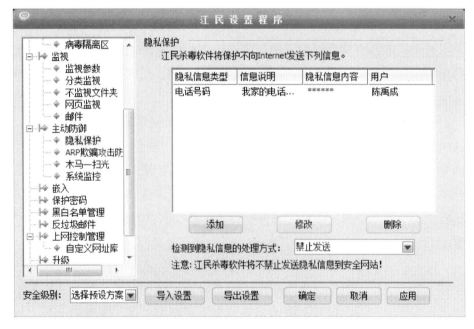

4.1.2.6 对 Word 中的宏病毒进行监控——嵌入 Office

在"嵌入"选项卡中你应该选中"Office 办公组件"。就像下面这样：

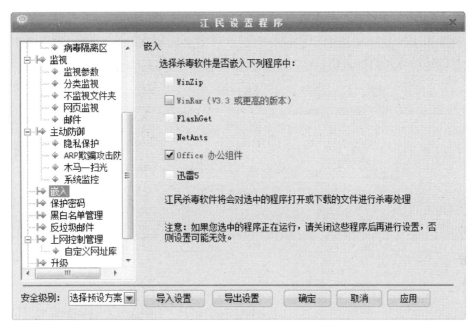

这样每次在打开 Word 文档，或 Excel 及 Access 文件时，杀毒软件都会自动监测该文件中是否含有宏病毒。此外，有些宏病毒不会在文档一打开时就发作，而只有在所存在于其中的那段宏程序被执行时才会发作，通过选中这个选项，就可以对这些宏程序的行为进行监控，一旦发现病毒就可以及时斩杀。

4.1.2.7　对于防火墙你该怎么设置

如果你使用的是 Windows Vista 或更高版本的 Windows 7，则你的系统中自带的防火墙的功能已经很强大了，你不需要再安装 KV2009 自带的防火墙，如果你安装了反而可能会引起一些麻烦。但如果你使用的是 Windows XP SP2 之前的版本的话，则由于这些更早的 Windows 版本中没有真正可以称得上是防火墙的东西，因此，在这种情况下你有必要安装 KV 的防火墙。因为我目前使用的就是 Windows Vista，因此，我没有安装 KV2009 的防火墙，但我觉得有必要在这里展示一下如果你使用的是 Windows XP SP2 以前的版本，并比较合理的进而推测你在使用着 KV2007 的情况，KV2007 的设置选项中集成了对 KV2007 自带的防火墙的启动和工作控制。

在 KV2007 的"防火墙"选项卡中，你应该确保"启动时自动启动江民防火墙"这项被选中。这可以确保以后每次启动 Windows 时，防火墙都会自动启动，以监视来自广阔互联网的对你的各种攻击和窥视。

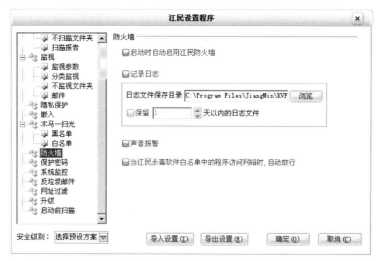

好，现在让我们回到 KV2009 的设置中。对于接下来的三个选项，"保护密码"、"黑白名单管理"、"反垃圾邮件"，你不需要做任何设置，因为这三个选项你几乎一辈子也不会用到。

接着往下看，打开"上网管理控制"选项卡，确保"安全访问"单选按钮被选中。就像下面这样。

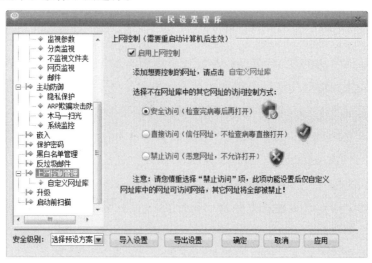

这可以保证你在绝大多数情况下不会打开有病毒的网页。但这不是绝对的，尽管我一直开着这个选项，但偶尔还是会在打开一个网页后，KV2009提示该网页上有病毒。

4.1.2.8 确保病毒库每日更新——开启自动升级

在"升级"选项卡中，你应该确保"检测到更新后即升级"这项被选中。当你选中这项时，在KV被启动的情况下，当你连接到互联网时，KV就会自动连接到它的服务器上，看看那里有没有新的病毒库可以下载，如果有的话，就自动下载并升级你本地的病毒库，以便以后可以杀更多的毒好让你开心；如果没有的话，就会安安静静地待在那里继续它的监视工作。

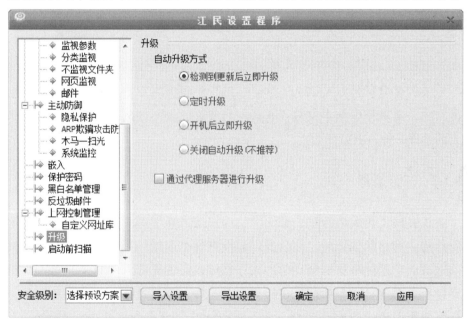

最后一个，"启动前扫描"选项卡，务必要选中该选项卡中的"扫描前等待用户选择扫描目标"，在后面的"最多等待"几秒中输入5即可。不要选中"未选择时自动扫描默认目标"选项。选中"扫描系统服务程序"，这可以在每次开机时对操作系统要正常工作就必须运行的一些程序进行病毒扫描，确保这些极其基础和极其重要的系统程序无毒。

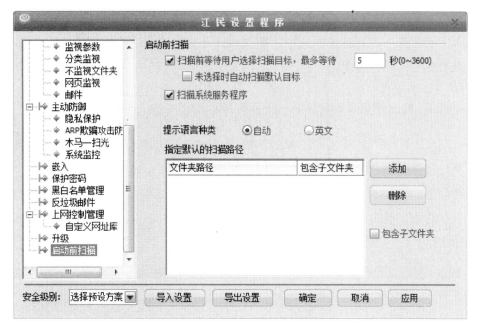

虽然这里我是以 KV2009 为例的，但上面所谈到的大多数选项在其他优秀的杀毒软件中基本也都存在，它们或许叫着不同的名字，但功能上都大同小异，你一看就能明白。

4.1.3 开始杀毒

其实真正开始杀毒时，也就说一旦你按下那个叫"开始杀毒"或明显就是这个意思的按钮后，你会发现你没有什么事情可做，如果你以前没有杀过毒而对这件事情挺感兴趣的话，你可以盯着屏幕看一会儿，你会发现屏幕上不断地显示着此刻正在检查哪个文件，不过过一会儿你就会发现这样盯着屏幕看杀毒有点乏味。不是有点乏味，而是相当乏味，不用看了，去做点别的事情吧，或者什么也不做地躺会儿，杀毒软件自己会处理好后面的事情。

事实上，在按下"开始杀毒"按钮前你最后需要确认的一件事情——至少对 KV2009 来说——就是确保"扫描"菜单下选中的是"杀毒状态"。因为如果你不是选中的这项，而是选择的"查毒状态"，则你最终就会明白原来你等待了三个小时的结果就是杀毒软件会向你报告它在你的电脑中发现了以大量破坏可执行文件和 Word 文档而臭名昭著的"俄亥俄的邪恶的菲尔"、以会仔细地搜索电脑中的私人信息并忠实地发送给它远方的主人而让那些不听妈妈的话不把银行账号和密码记到本子上而图省事存在电脑里的不听话的年轻人吃了大亏而一战成名的"撒旦的信用卡"，以及那款出自一位连续三个十一黄金周都未能买到火车票回老家而只能困在宿舍里生闷气的黑客之手的引起举国轰动的"黄金周"病毒（第三个没有买到火车票的黄金周里的杰作），该病毒会准时在每年十一前 10 天发作（也就是每年火车站开始十一预售票的那天），发作时症状极度恐怖，电脑中原本好好的每一个文件、每一个文件夹、每一个桌面图标都会转眼间变成一个个火车站售票口的样子，同时后面会慢慢出现黑压压的排队买票的长龙，视觉效果相当震撼，破坏力自然也是毋庸置疑的——所有文件都变成售票口了。（后来这个病毒还出现了变种，主要的变化是排队长龙中多了倒票的黄牛）。

　　有点跑题，我说到哪儿了？对了，如果你选择的是"查毒状态"，那么经过三个小时漫长而乏味的杀毒后，杀毒软件会告诉你在你的电脑中发现了上述三种显然够劲的病毒，并准确地告诉你是哪几百个文件感染了这三款病毒，由于你选择的是查毒，所以它没有作任何处理，现在，那些病毒还健健康康的趴在它们各自喜欢的文件上。

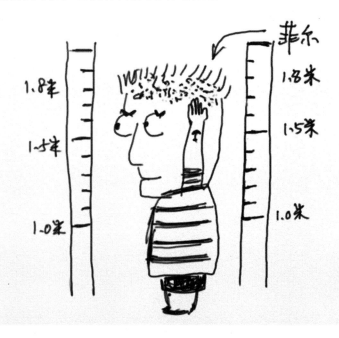

我想你明白我的意思了，是的，还需要三个小时。而如果你选择的是询问状态，则当杀毒软件每发现一个"俄亥俄的邪恶的菲尔"或"黄金周"后，它就会耐心地询问你你是真的打算把它绳之以法呢还是继续让它在你的电脑中胡作非为。事情就是这样。所以，记得——选择"杀毒状态"。

4.1.4 升级好慢哦

不管是 KV2009 自己检测到有可升级的好货了，还是你命令它此时此刻立即升级，你都会看到下面这个升级窗口的出现。

你可以点击"开始"直接进行升级，也可以点击"选项"对升级做一些设置。比如，在点击"选项"后你会看到下面的内容。

在"升级服务器"菜单中你可以根据你所在的网络是电信的还是网通的来进行选择。点击"选择升级内容"按钮可以做些更有必要的设置。

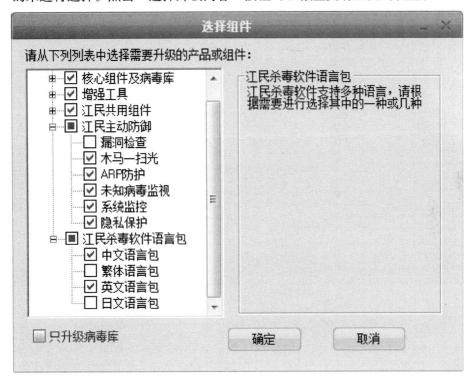

保持"漏洞检查"这一项不要选中，因为这项的功能和 Windows 的自动更新的功能是重复的，因为如果你选中的话，反而可能会导致在更新 Windows 系统时出现一些问题。"繁体语言包"和"日文语言包"这两项也可以取消选中，其他的都保持选中即可。

如果你使用的是 KV2007，则你在升级时看到的画面将是下面这样的。

在正版软件的销量中，杀毒软件的销量绝对是国内最大的，因此，每一款著名的杀毒软件都会有大量的用户。毫无疑问的，任何时候，都会有数量可观的用户和你一起同时在给他们自己的杀毒软件升级，这对杀毒软件厂商保证升级服务器的畅通提出了较高的要求，他们会提供多台服务器和够宽的带宽来满足大量用户的下载需求。而且，由于长期以来位于南方的电信和位于北方的网通的网段一直无法顺畅的沟通，使得北方网通用户要想访问位于南方电信的网站总是很慢，反之亦然。因此，杀毒软件厂商通常会为南北方的用户分别提供电信服务器和网通服务器。对于某些更仁慈的厂商来说，还会专门为教育网的用户提供教育网服务器，以便让大家的日子过得更容易些。

但这样就带来一个问题，那就是你升级时需要选择适合你的服务器，那样才能升级得够快，也不枉了厂商的一片苦心。但有些用户并不太清楚自己属于电信、网通还是教育网，因此，一些杀毒软件会在升级时自动为用户选择合适的服务器，很不错的机制，唯一的问题是这种"自动"因为种种原因往往不那么灵，以曾经一度位于郁闷的教育网中的偶的KV2007为例，如果我让其自动选择服务器的话，则总是会无法理解地连接到网通服务器上，从而导致下载速度奇慢无比。因此，我总是明确地指定"教育网服务器"，同样的，如果你很清楚你位于哪个网络中，我建议你一定手动选择服务器，如果你不清楚的话，则你可以把三个服务器都试一遍，看哪个下载速度快就用哪个。

当然，也有的时候，即使你选对了服务器，升级依然会很慢，那通常是你选择了大家都想升级的那么一个时刻。通常早上 8 点以前和凌晨两点以后是升级的好时间，这个时候所有白天里精神抖擞的人都累趴下了，只有你——黑夜游侠，嘴角露着坏笑开心地升级。另外，有些杀毒软件有设置升级时间的选项，你可以将其设置为凌晨的某个时刻，然后在前一天夜里保持计算机开着，自顾自地睡觉去就可以了。

4.2 这个小病毒为什么杀不死

很多时候，当你终于完成了长达几个小时的杀毒，看着杀毒软件雄起起地向你报告 AAA、BBB、CCC……等等几百甚至上千个文件中的 N 种病

毒已经被成功斩杀后，长舒一口气，重新启动电脑满心期待可以使用一个干净电脑的时候，杀毒软件却一副欠揍相地向你报告它在某某文件中发现了某某病毒，那副没事儿人的样子就好像此前的三个小时它不是在干杀毒这件事一样，就好像它对刚刚才说过的它已经把这些病毒全都搞定的话已全然不记得了一样。

它确实欠揍，正如很多其他的软件也欠揍一样。但在扁它之前，我们还是先坐下来分析一下某些病毒为什么杀不死。

你可能看过一些有关病毒为什么杀不死的网上文章，它们总是告诉你病毒杀不死的原因是由于杀毒时病毒正在内存中运行，而 Windows 会保护正在运行的程序，所以杀毒软件就无法在这种情况下干掉病毒。一派胡言，如果是这样的话，那所有的病毒都无法被杀死了，因为几乎所有的病毒都会进驻内存，而不会像现在这种仅几种出类拔萃的病毒才能在杀毒软件的围剿中存活下来了。

杀毒软件完全有能力在扫描内存时把绝大多数隐藏在内存中的病毒斩杀掉，通过编写钩子（Hook）截获系统中断，杀毒软件可以中止绝大多数病毒所依附的程序进程，从而把病毒从内存中踢出去，然后杀之。

"钩子这东西听起来挺酷，它是做什么用的，它怎么就能截获系统中断，事实上，唔……，中断是什么？"

钩子：
金属制品，
小而邪恶，
为一切海洋
生物所痛恨。

钩子，金属制品，小而邪恶，为一切海洋生物所痛恨。在操作系统中，钩子同样是一种黑暗力量。想象这样一种情况，你终于鼓足勇气，写好一封情书，打电话给快递公司命其火速送到心爱的人手上，结果来了一个面孔有些陌生的人，他声称他就是快递公司的，并且他确实出示了相关证件，你相信了他，把信给他，结果没想到他是你情敌派来的，自然你的这封情书的下场就可想而知了。系统钩子就类似这个冒牌的快递员，它将操作系统下达给别的程序的指令半道儿给劫走了，从而可以打着政府的旗号干一些它自己想干的其他事情。中断就是一些指令，通常在某些事件发生时（比如一只猫跳到键盘上乱踩一气），系统就会下达相应的指令来处理一下这个棘手的事情，此刻正忙着运行程序的 CPU 就会暂时放下程序的运行，转而执行这个中断指令，执行完后再接着运行刚才被中断的程序。钩子是一种黑暗力量，杀毒软件为了杀毒，需要获得这种力量，以毒攻毒。

　　那为什么杀毒软件都有钩子了，还钩不死这些小病毒呢？原因有这么两个：

　　一，钩子不是万能的，即使截获了中断，某些进程也无法被中止，比如关键系统进程 winlogon.exe、services.exe 等，还有一些进程虽然可以中止，但一旦中止就会导致整个系统崩溃，比如 explorer.exe 等，因此，杀毒软件无法，或投鼠忌器不敢中止这样的进程，而精明的病毒编写者就让他的宠物依附在这些程序的进程空间中，从而逃脱了杀毒软件的斩杀。

　　二，显然并不是只有杀毒软件才配有钩子，一些“高级”病毒也随身带着钩子。这些钩子就像间谍一样，一旦察觉到杀毒又开始了，就立刻通过各种方式把自己隐藏起来。隐藏的方法很多，中心思想是游击战术，有的是在杀毒软件扫描内存时把自己写回到硬盘上，然后在杀毒软件扫描硬盘时再把自己载入回内存中，有的是把病毒从还没有检查到的硬盘文件转移到已经检查过的硬盘文件上，或是从内存中还没有被检查过的进程中逃到已经被检查过的进程空间中。杀毒软件可能会杀掉它的很多分身，但始终找不到其“元身”。

　　那如何才能杀死这些可恶的小病毒呢？

4.3 如何才能杀死这个小病毒——在安全模式下杀毒

不管病毒是想把自身进驻到重要系统进程的空间中，还是想向内存中安插钩子，它总要先进驻内存才行，因此，要杀死这些看似难以剿灭的病毒，方法其实很简单，通常只需在 Windows 安全模式下进行杀毒就可以了。

因为绝大多数病毒都是作为应用程序进程或是系统服务在内存中开辟空间的，而在安全模式下，系统启动时是不会往内存中加载任何应用程序和绝大多数服务的。当以安全模式启动时，系统仅加载不得不加载的几种驱动程序，比如鼠标、键盘的驱动，以及极少数的几个关键系统服务。因此，在安全模式下，绝大多数病毒都不会被激活，也就说这些病毒还没有进驻内存，这就给我们的杀毒带来了极大的方便。

要进入安全模式，只需在系统启动时，不断按 F8 键（也不用按的太频繁，否则系统会嘀嘀报警，大约每秒两次的速度就可以），就会出现下面的画面。

不好意思，这种镜面屏超级反光，把我自己也给拍进去了，哈。注意力集中点。

按上下箭头键把选择条移动到"安全模式"上，然后按回车键。过一会儿你就会看到计算机已经工作在安全模式下了，屏幕四角的"安全模式"字样向你清楚的传达了这个讯息。

　　因为在安全模式下应用程序都不会启动，所以现在你无法从屏幕右下角的"系统托盘"中找到你的杀毒软件了，你需要点击"开始→程序"，从程序组中找到你的杀毒软件所在的程序组，然后启动你的杀毒软件。比如，对我来说，就是选择"开始→所有程序→江民杀毒软件→江民杀毒软件KV2009"。

　　启动杀毒软件后，你就可以像在正常启动模式下一样的杀毒了。杀毒之后，小病毒就没有了，电脑就干净了，上帝又说出了他那句经典的台词——"事儿就这样成了"。

　　这是理想的情况。

　　但在现实中，你会发现生活总是会展现出它多姿多彩的一面。

　　在你告诉生活你想在安全模式下进行杀毒这件事上，生活给你的答复是这样的：

4.3.1 生活给你的答复一：根本就进不了安全模式

根本就进不了安全模式（而且在这种情况下很可能你也同样进不了正常模式，或者即便能进入正常模式也会很快死机或是出现其他显然被预谋过的情形）。当你在按 F8 后出现的那个菜单中选择了安全模式并按下回车后，你发现系统"蓝屏"了，我相信大多数读者都见过"蓝屏"，如果你没见过，没关系，待你见到时，你会发现这个词相当的顾名思义，那的确是一块相当蓝的屏。

那为什么就进不了安全模式呢？答案是病毒把能启动安全模式的配置给破坏了，因为它知道你想到安全模式下干掉它，这狗东西。那我们该怎么办呢？很显然，修复它。怎么修复呢？不难，你只需在按下 F8 后出现的菜单中选择"最后一次正确的配置"，这可以让你把计算机打回到它上一次正确启动的配置状态，你会很吃惊微软牌 Windows 真的帮你记录下了上一次正确启动时的配置状态。上帝保佑微软。

现在，你终于回到了一种至少"看起来"很接近正常的情况，你会有点吃惊地发现你竟然还可以上网，不要犹豫，立刻打开 Google，利用""病毒""无法进入安全模式""作为关键字（弯曲的双引号中的是关键字，不包括弯曲的双引号本身）来查找在这种情况下适合你的操作系统的最佳解决方案。通常你搜索出来的办法会是让你下载一个注册表文件（.reg），这个文件中包含了能让安全模式正确启动的注册表配置。根据操作系统不同，这个注册表文件的内容也会不同，而且即便是相同的操作系统，你从搜索结果中的不同网页上看到的答案也可能略有或有相当大的不同，你应该认真阅读一下那个网页，主观判断一下这个内容的可信性，如果这个网页是个帖子的话，你应该看看后面跟帖的评价，总之，你要认真地多了解一下这些方法，并根据你的判断，从中选择一个你认为最可能是正确的一个，通常被最多网站转载的那个解决方法正确的可能性更大一些。

下载了这个 .reg 文件后，你只需双击运行它就可以执行它了，这会用它所包含的注册表信息覆盖系统当前的注册表中的相应项。因此，很重要的一点是，在双击这个 .reg 文件之前你应该完整地备份你的整个注册表，因为你并不清楚这个 .reg 文件到底会修改哪几个项目，而且你也不清楚这

个 .reg 文件是否就是你该使用的那个。如果事实证明它不是 Mr. Right，则你还需要再到网上去下载另一个 .reg，在应用那另一个之前，毫无疑问你应该用你备份的注册表先把系统恢复成你应用第一个 .reg 之前的原始状态，以便你的每一次尝试都能从同一个起点开始，否则，你可以试着去想象一下事情会糟糕到的程度。

双击执行这个 .reg 之后，你就可以重新启动计算机了，再次按 F8 键，然后选择安全模式。愿上帝保佑你。

4.3.2 生活给你的答复二：你中了一款即使在安全模式下也会被激活的病毒

能够进入安全模式，但很不幸你中奖了。

你电脑中了一款即使在安全模式下也会被激活的病毒。还有在安全模式下也能被激活的病毒？！没错，它可能是一种驱动程序型病毒，它把自己伪装成一个无辜的驱动程序，而且把自己设置成很低的级别，事实上，它看起来很像个鼠标，一只无人照看的小鼠标，Windows 妈妈流着泪收容

了这个小可怜，在安全模式下。或者它也可以是一款感染系统级程序（比如 winlogon.exe）的病毒，但凡 Windows 要工作，这些低级的系统程序就必须被加载到内存，因此，病毒也就随之进驻内存了。

那么在这种情况下，我们该怎么对付这个厉害的病毒呢？两种方法：

一，照正常模式下杀不了的毒可以在安全模式下杀掉的思路，那么，在安全模式下杀不了的毒应该可以在一种比安全模式更低（更原始）的模式下杀掉。现在，既然安全模式已经不安全了，那么，我们就要继续下潜，进入一种比安全模式更原始更低级的模式——DOS 模式。

然而，在目前用户量最大的 Windows Vista 和 Windows XP 中，甚至更早的 Windows 2000 和 Windows Server 2003，以及最新的 Windows 7 中都已经不存在什么 DOS 模式了，因为这些操作系统已经彻底摆脱了 DOS 内核，而不像 Window 98 和 95 那样，虽然长着一张 Windows 的面孔，其内核却是 DOS 的，整个 Windows 相当于一个运行在 DOS 操作系统中的超大个的应用程序。

那么，在 Windows 2000/XP/Server 2003/Vista/Windows 7 中我们怎么才能进入 DOS 模式杀毒呢？答案是——我们没法进入 DOS 模式。因为在这些操作系统中根本就没有 DOS。

但我们确实可以进入一种比安全模式更原始的模式，那么，除了 DOS 以外，还有哪种模式比安全模式更原始呢，答案是——一种不完整的安全模式，一种半成品的安全模式。这种模式其原始的程度已非常接近 DOS 模式。

当然，要进入这种模式，你需要借助一些软件，目前最优秀的杀毒软件都给你提供了这种途径。在我所使用的 KV2009 中，这个途径是一种被称为 BootScan 的技术。它是一个级别仅比 ScanDisk（就是每次你非正常关机并再次重启时就会执行的那个检查硬盘上是否有哪个小数据被你这次意外关机给搞坏了的系统程序）高一点点的级别非常低的程序，它可以在系统启动到一半，甚至不到一半时（对于具备此类技术的不同杀毒软件而言，其选择的时机会略有出入，但根据我的体会，KV 较之其他杀毒软件在程序启动顺序上是最领先的，也就是说更快更低级），就中断系统的启动，并在这样一种原始得接近 DOS 的状态中交付给你杀毒的特权，此时，所有的病毒都还没有被加载，是你大开杀戒的时候了。

要在 KV2009 中使用 BootScan，换句话说要在这种原始的接近 DOS 的状态下杀毒，很简单，每次启动 Windows 系统时，你都会看到下面这样一个画面。

使用上下箭头把选择条移动到"所有本地硬盘"上，然后按回车就可以了。杀得会很痛快地。

二、如果你所使用的杀毒软件中没有上述方法一中所提到的那种能让你在系统启动到一半就拦腰杀毒的"必杀技"的话，你就要靠敏捷的"身手"来弥补你的杀毒软件的不足了。

我指的是真正的身手。平常如果我说你能快过计算机，你一定会认为我在开玩笑，但想想吧，想想你整天抱怨计算机慢得要死时的情形吧，你不必心虚地说那只是形容词。相信你自己，只要你够快，你完全可以靠纯手工来使出拦腰杀毒的必杀技。你能够快过计算机。

黑客帝国

← 你最好有他的身手

手工拦腰杀毒的具体做法是这样的（此方法仅适用于 Windows 2000/XP/Server 2003，对 Vista/Windows 7 无效）：

在计算机以安全模式启动到刚出现"加载个人设置"时，你要迅速地按下 Ctrl+Alt+Delete，敲出土地爷——任务管理器，点击"进程"选项卡，如果你够快的话，你将亲眼看到那个该死的病毒正把自身作为 Windows 的服务程序加载到内存中，一旦它在"进程列表"中出现，你就要迅速地选中它，然后点击"结束进程"按钮，把这个该死的病毒的服务程序（这个程序相当于这个病毒的母体程序）封杀掉，在它还没来得及加载它要干活就必须准备好的那些魔鬼工具前。

你可能会问，我怎么知道进程列表中列出的那些进程中哪个是病毒的服务程序呢？这个确实需要一些"眼力"，但也有一些方法可以让你获得比较明确的信息，因为通过之前在正常模式下的杀毒，你应该已经知道病毒的名称了，所以，你可以利用 Google，使用""病毒的名称" "Windows 服务 "" 或 "" 病毒的名称 " " 任务管理器 ""等等关键字来进行搜索，通常都会在搜索结果中了解到病毒的服务程序（母体程序）的名称是什么。

我一直强调要够快，是因为当这个病毒服务程序刚在进程列表中出现时它还来不及加载它的钩子和其他作案工具，但它此刻正在那里忙着加载，而且很快就会完成，一旦完成，它的钩子们就会各自发挥作用，比如在任务管理器中隐藏掉病毒服务程序和钩子本身，甚至干脆截获键盘输入，使你的 Ctrl+Alt+Delete 失效，无法呼唤出任务管理器。所以你要快。

成功的斩杀了病毒母体程序的进程后，内存中就是干净的了。这时你就可以启动你的杀毒软件开始正常的杀毒流程了。

4.4 我哭啊——在安全模式下竟然也杀不死它

在你费尽周折，终于成功地完成了在安全模式下或更彻底的半成品安全模式下的杀毒后——虽然几率很小，但——仍然可能有部分用户发现病毒还是毫发无损地待在硬盘上。

原因表面上令人费解，但答案其实很简单，你的杀毒软件只能查出这种病毒，但却杀不了它，因为它是你这款杀毒软件所能够识别的某个病毒的一个变种。病毒进化得很快，因为总有大量的二流黑客和病毒制作者以修修改改邪恶前辈开发的病毒来满足自己的破坏欲，当然，也有些病毒变种的制作者功力很深，他搞出来的变种可能较之原型已经有了质的飞跃，要比原型强大和有破坏力得多。杀毒软件的病毒库的更新总是滞后于病毒的进化，从原则上也是如此。

因此，杀毒软件怎么样也杀不了这个病毒的情况是很可能发生的，这个时候，你还有一个选择，那就是使用专杀工具，这些工具通常是由杀毒软件厂商、独立的第三方的侠义之士——某位编程高手，甚至就是该病毒的制作者良心发现后自己编写的（当然，有些情况下他是在看守所或监狱的笼子里完成的）。

4.4.1 上网查找专杀工具

专杀工具就是只杀某一种病毒（往往也连带该病毒已知的所有变种）的杀毒软件。而且，有一点你要知道，它并不总是由杀毒软件厂商开发的，所以对专杀工具本身的安全性和可靠性是需要持保留和警惕态度的。

但在目前这种情况下，你可能不得不使用专杀工具。那么，到哪里才能找到某款病毒的专杀工具呢？还是通过网络。现在，有一个优势是你已经知道了这个病毒的名称，因此，你可以打开 Google，利用 ""病毒的名称""专杀工具"" 作为关键字来进行搜索，通常你都会有所收获，找一个在你眼里相对可靠的软件下载站点下载。

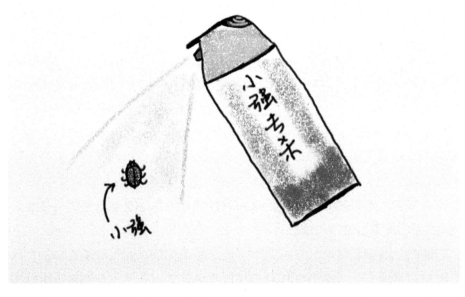

如果可能的话，在使用专杀工具杀毒前应该对下载的专杀工具进行杀毒检查，当然，如果你只有手头这台中毒的电脑的话，这或许不太现实。

4.4.2 麻木了——专杀工具也杀不了

专杀工具并不是万能的。

首先，它肯定杀不了最新的变种，最新变种的专杀工具正在研究中（假如有那么一个人在研究的话）；其次，并不是所有厉害的病毒都有专杀工具，尽管你是那么的需要它来杀你的毒。

4.5　崩溃后的爆发，绝地的反击——手工杀毒

很多没中过厉害病毒的人都奇怪，现在杀毒软件有这么多种，还有那么多专杀工具，谁还学手工杀毒啊？傻冒。没错，这里的确有一个傻冒，但不是我，也不是你，而是那个口出狂言的家伙。

无论杀毒软件多么先进，无论有多少专杀工具，总有一天你会不得不使用手工杀毒，因为这就是生活。当前面所有的方法你都用尽了，但病毒却还在那里一边嘲笑你一边继续为非作歹时，你就需要使用终极武器——手工杀毒了。

手工杀毒涉及的面很广，所涉及的知识也很深，但我只传授给你最有效最简单的手工杀毒方法，真的是绝对有效，至少在偶行走江湖的这么多年中，使用我慢慢摸索总结出的这套独门手工杀毒法还没有干不死的小病毒的，真的是绝对简单，简单到你知道后会非常吃惊，甚至感到有些荒谬。

毫无疑问，手工杀毒同样要在安全模式或半成品安全模式下进行，如何得到一个安全模式或半成品安全模式在4.3节中已经讲解的很清楚，忘记的同学请返回去重新认真阅读。

现在，假定你已经处于安全模式或半成品安全模式下了，且病毒没有被激活，如何确保在安全模式或半成品安全模式下病毒不被激活，在4.3节中也已经讲解的很清楚了。

现在，病毒都没有激活，也就说，内存中是干净的，病毒都还被困在硬盘上（它们此刻一个个都紧张地要死，自知大难临头）。手工杀毒简单的说就是直接删除病毒文件，因此，毫无疑问，我们首先要找到病毒文件。

　　能把你逼到不得不手工杀毒的病毒显然都是厉害的主儿，怎么说也都是有些道行的，因此，在正常情况下你肯定是看不到这些病毒文件的，它们都会把自己的文件属性设置为"隐藏"的，而在 Windows 2000/XP/Server 2003/Vista/Windows 7 中，系统默认是不显示隐藏文件和受保护的操作系统文件的，因此，我们要做的第一步就是要让系统显示出所有隐藏文件（包括受保护的操作系统文件）。

4.5.1　首先就是要显示出隐藏文件

　　要显示出隐藏文件，分为两种情况：一种是在病毒尚未对与显示隐藏文件有关的注册表项目作手脚情况下的方法，这话有点绕口，说白了也就是通常情况下我们用来显示隐藏文件的方法；另一种则是在病毒已经对与显示隐藏文件有关的注册表项目作过手脚情况下的方法，这话也有点绕口，说白了就是当通常方法不管用时我们所采取的方法。

　　让我们首先来看显示隐藏文件的通常方法。我将以在 Windows 2000/XP/Server 2003 下的操作为例进行讲解。在 Windows Vista 和 Windows 7 下的操作略有不同，但思路和方法是完全一样的，参考 Windows 2000/XP/Server 2003 下的操作即可，我就不再赘述了。

4.5.1.1　显示隐藏文件的通常方法

要让系统显示出所有隐藏文件（包括受保护的操作系统文件）的方法如下：

1. 双击"我的电脑"，在打开的"我的电脑"窗口的菜单条中选择"工具"→"文件夹选项"。
2. 在出现的"文件夹选项"对话框中点击"查看"选项卡，在"高级"设置列表框中选中"隐藏文件和文件夹"折叠项中的"显示所有文件和文件夹"，并且取消对"隐藏受保护的操作系统文件"的选中，同时，还有很重要的一点就是要取消对"隐藏已知文件类型的扩展名"的选中（这对你了解一个文件到底是个什么类型的文件至关重要），就像下面这样。

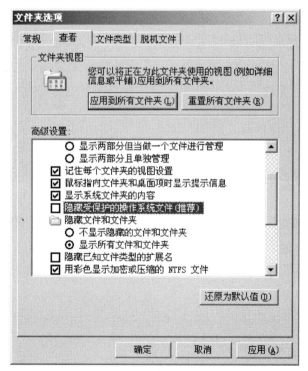

3. 点击"文件夹选项"对话框的"确定"按钮。

如果不出意外的话，此时你再浏览硬盘中的文件和文件夹，你就会发现那些以前隐藏着的文件和文件夹都显示出来了，以一种较淡的颜色。比

如下面的 Default User 文件夹就是一个隐藏文件夹。

Documents and Settings

| 文件(F) | 编辑(E) | 查看(V) | 收藏(A) | 工具(T) | 帮助(H) |

后退 · · 搜索 文件夹

地址(D) C:\Documents and Settings

名称 ▲	大小	类型
Administrator		文件夹
All Users		文件夹
Default User		文件夹
demo		文件夹
E118Chen		文件夹

4.5.1.2 急！无法显示出隐藏文件！——修改被病毒破坏的注册表

当然，意外总是会出的。有一部分用户（假如你正是其中之一的话）可能会郁闷地发现情况并没有什么变化，他们并没有看到更多的东西，那些隐藏文件夹和隐藏文件依然还是隐藏着。这是因为病毒很鬼，它在刚刚感染你的电脑时就已经通过修改注册表使得你无法通过设置"文件夹选项"中的选项来显示隐藏文件和文件夹了。好吧，算它狠，但它既然能改过去，我们就也能改回来。

要修改注册表，需要使用注册表编辑器——regedit.exe，它位于WINDOWS 文件夹中。为了使你以后使用起来也比较方便，我们为这个程序做一个快捷方式，并放到桌面上，这样以后你再要使用 regedit.exe 来编辑注册表时，只需在桌面上双击它的快捷方式就可以了。

给注册表编辑器程序在桌面上放置快捷方式的方法如下：

1. 在桌面上点击鼠标右键，从弹出的菜单中选择"新建"→"快捷方式"。

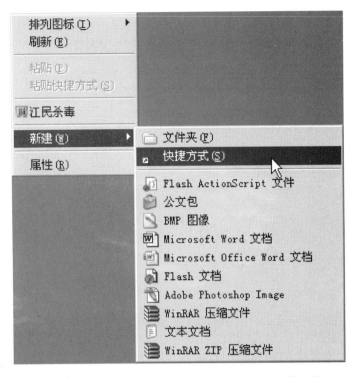

2. 在出现的"创建快捷方式"对话框中点击"浏览"按钮。

此时会出现"浏览文件夹"对话框。

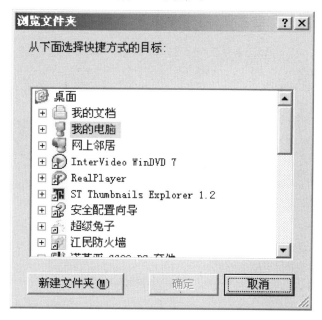

3. 在该对话框的列表中点击"我的电脑",然后根据你的计算机的实际路径情况一级级下潜到 WINDOWS 文件夹中,在其中找到 regedit.exe 程序,选中它,然后点击"确定"按钮。

4. "创建快捷方式"对话框中将出现 regedit.exe 的路径。点击"下一步"按钮。

5. 在"选择程序标题"对话框中给这个快捷方式起个名字，通常保持默认的名字就可以了。点击"完成"按钮。

你会看到 regedit.exe 的快捷方式已经出现在桌面上了。

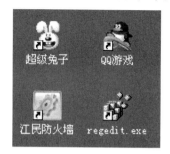

好了，下面我们要开始使用注册表编辑器来修改注册表，以恢复对于手工杀毒至关重要的第一步——显示隐藏文件和隐藏文件夹——的功能了：

1. 双击桌面上的 regedit.exe 打开注册表编辑器。

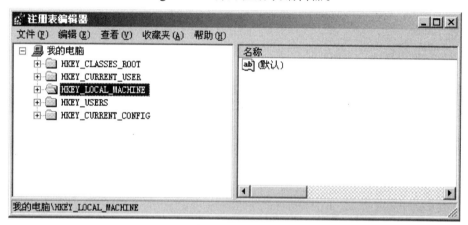

2. 依 次 点 击 HKEY_LOCAL_MACHINE，SOFTWARE，
    Microsoft，……直 至 下 潜 到 HKEY_LOCAL_MACHINE\
    SOFTWARE\Microsoft\Windows\CurrentVersion\Explorer\Advanced\
    Folder\Hidden\SHOWALL 下。

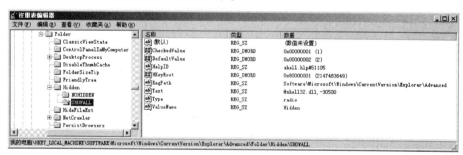

3. 注意右边窗格中的 CheckedValue 的"类型"一栏中是否是
   REG_DWORD。

   ● 如果是 REG_DWORD，就在 CheckedValue 上点击鼠标右键，
   从弹出的菜单中选择"修改"，这时将会出现"编辑 DWORD 值"
   对话框，在其中的"数值数据"文本域中输入 1，然后点击"确
   定"按钮。

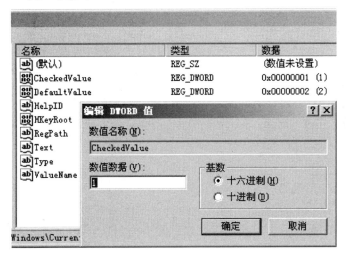

   ● 如果不是 REG_DWORD，就必须先删除现在的这个
   CheckedValue。方法是在 CheckedValue 上点击鼠标右键，从
   弹出的菜单中选择"删除"。然后在右边窗格的空白处点击鼠
   标右键，从弹出的菜单中选择"新建"→"DWORD 值"。

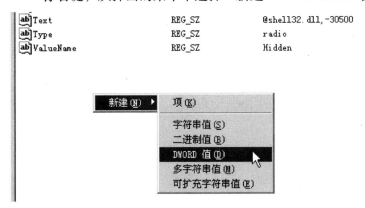

   一个新的注册表项目会出现：

ab Text	REG_SZ	@shell32.dll,-30500
ab Type	REG_SZ	radio
ab ValueName	REG_SZ	Hidden
新值 #1	REG_DWORD	0x00000000 (0)

把"新值#1"改为 CheckedValue，然后在这个新建的 CheckedValue 上点击鼠标右键，从弹出的菜单中选择"修改"，把它的"数值数据"文本域中的值改为 1，然后点击"确定"按钮。

4. 关闭注册表编辑器。

现在，你已经修复了显示隐藏文件和文件夹的功能。可以按 4.5.1.1 中的步骤来显示隐藏文件和隐藏文件夹了。如果仍然没有起作用，不要紧张，只需重新启动一遍计算机让注册表的修改生效即可。

4.5.2 然后是删除文件

好了，手工杀毒的第一步我们已经完成了，我们已经能成功地显示出隐藏文件和隐藏文件夹了。那么，接下来的工作就是要搞清楚病毒、木马通常都隐藏在哪里，然后我们就可以到那里去删除它。

4.5.2.1 病毒、后门程序通常都隐藏在哪里？

我就 Windows 2000/XP/Server 2003 和 Vista/Windows 7 分别来讲解。

对于 Windows 2000/XP/Server 2003，通常而言，下面这几个文件夹下是病毒和木马们最喜欢待的地方：

- WINDOWS
- WINDOWS\system32
- Program Files\Internet Explorer
- Documents and Settings\Administrator\Local Settings\Temp
- Documents and Settings\Administrator\Local Settings\Temporary Internet Files

其中，前三个目录没什么可说的。后面这两个文件夹表示的是这台计算机的系统管理员（Administrator）的 Local Settings（个人设置文件夹）（其中保存着管理员的包括桌面图标排列在内的各种偏好设置）下的 Temp 文件夹（用来存储使用软件时由软件产生的临时文件）和 Temporary Internet Files 文件夹（用来存储浏览网页时下载的页面、图片、音乐等等五花八门的文件）。

显然，如果这台计算机的用户（默认的用户就是 Administrator）不止有一个人的话，那么，每一个在这台计算机上开户的用户都会有一个类似的文件夹。比如，从下图中我们就可以看出这台计算机上还有一个用户名为 demo 的用户和一个用户名为 "E118Chen" 的用户，Default User 是计算机默认产生的文件夹。

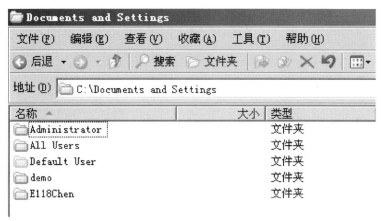

因此，显然在这里你不能只检查 Administrator 下的 Temp 和 Temporary Internet Files 文件夹，也要检查其他在这台计算机开户的用户的文件夹下的 Temp 和 Temporary Internet Files 文件夹。同时，还要检查 Default User 文件夹下的 Temp 和 Temporary Internet Files 文件夹。比如，对于 demo 用户，我们就要检查 Documents and Settings\demo\Local Settings\Temp 和 Documents and Settings\demo\Local Settings\Temporary Internet Files 文件夹。其他用户以此类推。

对 于 Documents and Settings\Administrator\Local Settings\Temp 和 Documents and Settings\Administrator\Local Settings\Temporary Internet Files 中的文件，我们不需要去研究其中的文件是否带有病毒，我们直接将该文件夹下的所有文件和文件夹删除，因为这两个文件夹中存储的都是临时文件。

对于 Vista/Windows 7，通常而言，下面这几个文件夹下是病毒和木马

们最喜欢待的地方：

- Windows
- Windows\system32
- Program Files\Internet Explorer
- Windows\Temp
- C:\Users\ChenBing\AppData\Local\Temp
- C:\Users\ChenBing\AppData\Local\Microsoft\Windows\Temporary Internet Files\Content.IE5
- C:\Users\ChenBing\AppData\Local\Microsoft\Windows\Temporary Internet Files\Low\Content.IE5

其中，前四个目录没什么可说的。后三个目录表示的是名为 ChenBing 的这个用户在系统中的几个文件夹。对于这三个目录中的文件，我们不需要去研究其中的文件是否带有病毒，我们直接将该文件夹下的所有文件和文件夹删除，因为这三个文件夹中存储的都是临时文件。

尤其是对后两个文件夹，由于在你日常使用磁盘清理功能和 IE 的删除临时文件功能时是永远都清理不到的，因此，在你使用电脑一年后，这两个文件夹中所存储的无用的临时文件会达到令人发指的数万甚至更多！而在你完成了对这两个文件夹的清理后，你会发现你会回收不少磁盘空间，而之后再次杀毒时也会缩短不少时间。

但当你欢天喜地的，灵巧地点击着鼠标，耐心地一层层的终于进入到 C:\Users\ChenBing\AppData\Local\Microsoft\Windows\Temporary Internet Files 中准备开删时，你却郁闷地发现你找不到 Content.IE5 文件夹和 Low 文件夹。原因在于，尽管你已经通过设置显示出了隐藏文件夹甚至连隐藏的受保护的操作系统文件都显示出来了，但是，处于安全性的考虑，Vista/Windows 7 仍然固执地把某些它认为更重要的文件夹给隐藏着。而上面这两个存储临时文件的文件夹就属于这种情况。

要进入这两个文件夹，在图形方式下是做不到的，只有在命令提示符方式下才能进入：

1. 选择"开始"→"所有程序"→"附件"→"命令提示符"。在打开的命令提示符窗口中把下面这行命令输入进去（这行命令是用来改变当前所在文件夹的）：

CD C:\Users\ChenBing\AppData\Local\Microsoft\Windows\
Temporary Internet Files

当然，其中的 C: 和 ChenBing 要根据你的实际情况做修改。比如，假如你的 Vista/Windows 7 安装在 D 盘，而你的登录用户名是 ShuaiGe 的话，则这里就应该改为 D:\Users\ShuaiGe\AppData\Local\Microsoft\Windows\Temporary Internet Files。

2. 现在按回车键，你会发现你已经进入到该文件夹中。啊哈。如果你想看看该文件夹下有些什么文件的话，你可以输入下面这条命令并按回车（放心，这条命令不会删除和改变任何东西，只是显示当前文件夹中的隐藏文件和文件夹）：

DIR /AH

怎么样，现在看到 Content.IE5 和其他文件夹了吧，呵呵。

接下来，继续输入下面的这行命令并按回车：

RD /S Content.IE5

这行命令的意思是删除当前文件夹下的 Content.IE5 子文件夹中的所有文件和文件夹。按下回车后你会收到一个让你确认你是否当真要执行这条命令的提示，按 Y 键并回车确认。现在，Content.IE5 下的所有文件和文件夹都清理干净了。同时你会收到一条消息，向你报告说 Content.IE5 下的 index.dat 这个文件正被另一个程序使用，无法删除。不要担心，这是正常的。

3. 现在，继续输入下面这行命令并按回车（同样需要根据你的实际情况做修改）：

CD C:\Users\ChenBing\AppData\Local\Microsoft\Windows\
Temporary Internet Files\Low

然后，继续输入下面这行命令并按回车：

RD /S Content.IE5

按 Y 键并回车确认。

至此，两个文件夹已全部清理干净！大功告成。

"不过……，呃……"

"又咋了？"

"……"

"拜托！痛快点，还有啥问题啊？"

"好吧，事实上，在 Vista 和 Win 7 中还有一个更隐蔽的文件夹是很可能潜藏病毒的"

"哪个文件夹？"

"在系统盘下的 \$Recycle.Bin 文件夹中"

"怎么搞？"

这么来搞：

1. 首先进入 C:\\\$Recycle.Bin 这个隐藏文件夹，你会发现有一个名为"回收站"的文件夹（这其实就是显示在你桌面上的那个回收站，这不是我们的目标）和一个名字超长的文件夹（这个文件夹的名字是一长串的数字串，类似 S-1-5-21-1278957923-13957634-589874750-500 这样，这就是我们要处理的目标）。

2. 双击该文件夹，你会发现你被拒绝访问。但你已经长本事了，所以你带着笑意打开命令提示符窗口，输入了 CD S-1-5-21-127895 79 23-13957634-589874750-500 并回车。

3. 笑容在你的脸上凝固了。在命令提示符下该文件夹依然拒绝访问！

    不必慌张。你现在被拒绝访问是因为这个文件夹的所有人不是你，而是操作系统本身。这个文件夹是操作系统自己的回收站。你有你的回收站，人家操作系统也有人家操作系统自己的。但由于这个文件夹里的文件长年得不到清理（通常的清理永远都清理不到这个文件夹），所以里面经常有病毒潜藏，我们必须清除该文件夹中的所有东西。因此，我们必须成为该文件夹的所有人从而获得访问该文件夹的权限。如何成为该文件夹的所有人呢？接着往下看。

4. 在图形方式下，在该文件夹上点击鼠标右键，在弹出的菜单中选择"属性"。在出现的对话框中点击"安全"选项卡，然后点击"高级"。在出现的对话框中点击"所有者"选项卡，在"当前所有者"

中你会看到所显示的是"无法显示当前所有者"（这表示操作系统本身是它的所有者），点击"编辑"。在出现的对话框中的"将所有者更改为"列表中选择你自己（你自己的登录名）。点击确定。确定。确定。

现在，该文件夹的所有人已经是你了。可以开删了！

5. 切换到命令提示符窗口，确认现在是处于 C:\\\$Recycle.Bin 文件夹中，然后输入下面这行命令并按回车：

RD /S S-1-5-21-1278957923-13957634-589874750-500

按 Y 键并回车确认。

把该文件夹整个删除？这可是操作系统自己用的回收站啊？删掉了操作系统用什么啊？放心，当操作系统发现它的专用痰盂被你干掉了，它会立马再做一个崭新崭新的干干净净的痰盂供它自己使用的。

终于 OK 了。至此，所有可能潜藏病毒的临时文件和回收站中的文件都被我们删除了。但其余的几个系统文件夹却绝不能如此处理，那对于这几个文件夹，我们如何才能过滤和判断出病毒文件呢？接着往下看。

4.5.2.2 如何过滤和判断出病毒文件？

OK，现在我们已经知道病毒和木马们都喜欢待在哪几个文件夹中。现在，我们就进入其中的一个文件夹，看看已经折腾你这么久的那个小病毒是否在这里。

我将以在 Windows 2000/XP/Server 2003 下检查 WINDOWS 文件夹为例（在 Vista/Windows 7 下检查 Windows 文件夹的操作与之完全一样，在此就不再重复了）。

WINDOWS 文件夹下中通常有一百多个文件（当然是不包括那些子文件夹了），那么，这一百多个文件中哪个（或哪几个）才是病毒文件呢？

想想如果有一个白色的篮球隐藏在一百个白色的乒乓球中了，你怎么才能把这个篮球找到？好吧，或许这里用隐藏这个词有点问题，我换个例子。一个大小、颜色都和乒乓球一模一样的白色大理石球隐藏在了一百个白色的乒乓球中了，你怎么才能把这个白色大理石球找到呢？方法自然很多，其中一个简单的方法就是把这些球都倒到一个装满水的大盆里，沉底

儿的那个就是白色大理石球。这个方法基于的就是所有方法都会遵循的"过滤"思想。要在 WINDOWS 文件夹的一百多个文件中找到病毒文件，我们同样也是基于过滤思想，把病毒给"过滤"出来。

病毒通常在感染了你的电脑后，不会过上五年才发作的，95% 以上的病毒都会在几天内发作，少量会在几周内发作，因此，那些在最近几天内刚刚被创建或刚刚被修改的文件是最值得怀疑的。

OK，让我们基于这个逻辑来对 WINDOWS 文件夹进行过滤和分析：

1. 进入 WINDOWS 文件夹，默认情况下你看到的会是以大个图标排列的方式，在这种方式下，除了眼花缭乱外你不会获得更多有用的信息。

我们需要获得尽可能多的信息，因此，在菜单中选择"查看"→"详细信息"。

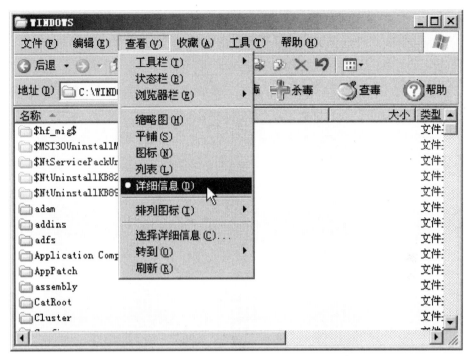

　　然后把窗口扩大至满屏，现在对我们过滤病毒文件而言非常重要的一栏——"修改日期"栏出现了。

2. 默认情况下，在以"详细信息"模式进行显示时，一个文件夹中的文件和子文件夹是按"名称"栏顺序排列的。而我们需要按修改时间进行排列，因此，点击"修改日期"栏的栏标题。

大小	类型	修改日期 ▲	属性
	文件夹	2005-6-28 7:38	
	文件夹	2005-6-28 7:38	
	文件夹	2005-6-28 7:38	
	文件夹	2005-6-28 7:38	
	文件夹	2005-6-28 7:38	

3. 点"修改日期"栏一下之后是按日期的顺序排列，因此，我们还

需要再点它一下，以便按日期的倒序排列，从而让最近发生修改的文件排在前面（即文件列表的顶端）。

这里，还有一个你应该知道的常识就是"创建"文件也是"修改"文件的一种，因此，在你点击过"修改日期"栏两次后，新近刚刚被创建的文件会同新近被修改的文件一样被排在文件列表的顶端。好了，现在让我们看看都有哪些最新被修改或被最新被创建的文件。

名称	大小	类型	修改日期 ▼	属性
WindowsUpdate.log	1,069 KB	文本文档	2007-11-1 8:56	A
DtcInstall.log	389 KB	文本文档	2007-11-1 8:56	A
0.log	0 KB	文本文档	2007-11-1 8:56	A
bootstat.dat	2 KB	DAT 文件	2007-11-1 8:56	SA
hahaha.exe	36 KB	应用程序	2007-10-31 21:54	A
ntbtlog.txt	2,517 KB	文本文档	2007-10-28 10:34	A
PFRO.log	1 KB	文本文档	2007-10-22 20:34	A
wmsetup10.log	1 KB	文本文档	2007-10-22 18:30	A
wmsetup.log	4 KB	文本文档	2007-10-22 18:29	A
spupdsvc.log	15 KB	文本文档	2007-10-22 18:11	A
OEWABLog.txt	2 KB	文本文档	2007-10-22 18:09	A
setupapi.log	950 KB	文本文档	2007-10-22 18:07	A
WMSysPr9.prx	310 KB	PRX 文件	2007-10-22 18:06	A
svcpack.log	496 KB	文本文档	2007-10-22 17:56	A
FaxSetup.log	133 KB	文本文档	2007-10-22 17:56	A
ntdtcsetup.log	50 KB	文本文档	2007-10-22 17:56	A
iis6.log	418 KB	文本文档	2007-10-22 17:56	A
comsetup.log	58 KB	文本文档	2007-10-22 17:56	A
ocgen.log	116 KB	文本文档	2007-10-22 17:51	A
cmsetacl.log	1 KB	文本文档	2007-10-22 17:46	A
uddisetup.log	62 KB	文本文档	2007-10-22 17:43	A
updspapi.log	69 KB	文本文档	2007-10-22 17:42	A
tsoc.log	65 KB	文本文档	2007-10-22 17:21	A
pop3oc.log	7 KB	文本文档	2007-10-22 17:21	A
netfxocm.log	38 KB	文本文档	2007-10-22 17:21	A
LicenOc.log	15 KB	文本文档	2007-10-22 17:21	A
imsins.log	4 KB	文本文档	2007-10-22 17:21	A
certocm.log	35 KB	文本文档	2007-10-22 17:21	A
aspnetocm.log	24 KB	文本文档	2007-10-22 17:21	A
msmqinst.log	53 KB	文本文档	2007-10-22 17:21	A
BootScan.path	9 KB	PATH 文件	2007-7-20 18:33	A
win.ini	1 KB	配置设置	2007-7-20 17:16	A
KVLic_3000.dat.lsu	0 KB	LSU 文件	2007-7-20 16:56	A
KVLic_3000.dat.lsd	0 KB	LSD 文件	2007-7-20 16:52	A

4. 从上面这个列表中可以看出，我们应该关注的是 2007 年 10 月 22 日及以后的文件（2007 年 11 月 1 日就是我写下这段文字的日子），共有 30 个文件，其中 27 个都是 txt 和 log 文件，而常识告诉我们，txt 和 log 文件不可能是病毒文件，它们也不会感染病毒，因为它

们都是纯文本文件。

　　那么，值得怀疑的就是剩下的三个文件：bootstat.dat、hahaha.exe
和 WMSysPr9.prx 了。我们先来看 bootstat.dat，在这个文件上点击鼠标
右键，从弹出的菜单中选择"属性"，查看该文件的属性。

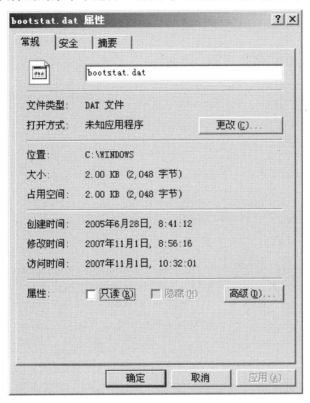

　　可以看出，这个文件虽然是新近被修改的（我写下这行字的时间是
2007 年 11 月 1 日上午 10 点 32 分），但它的创建时间却很早，是 2005
年 6 月 28 日。这恰好是我上一次安装操作系统的时间，这足以说明这
个文件不是病毒文件，因为如果是病毒文件的话，它的创建时间应该
是最近几天，最远不会超过最近几周。而且，它的文件类型是 .dat，不
是 exe 文件，而病毒文件百分百是 .exe 文件或 .dll 文件。

　　事实上，bootstat.dat 文件是 Windows 用来记录引导状态的文件，
每次启动 Windows 时，Windows 就会把它这次启动过程是否顺利是否
遇到了什么麻烦记录到这个文件中，所以它的属性中所显示的修改时
间 2007 年 11 月 1 日 8 点 56 分正是我在这个阳光明媚的初冬的早晨起

床后启动机器准备写书的时刻。

下面，我们再来看看 WMSysPr9.prx 文件，查看它的属性。

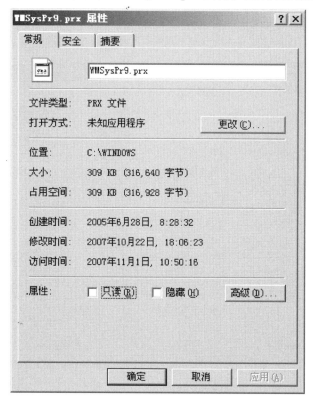

它的情况和 bootstat.dat 文件很像，也是虽然最近刚刚被修改过，但创建时间很早，事实上，你会发现它的创建日期同 bootstat.dat 的创建是同一天，只是具体的时间不同，这说明它们都是在我上次安装操作系统时或那天被创建的。此外，它的文件类型是 .prx，也不是 .exe，因此，它同样不可能是病毒。

事实上，如果你用记事本程序打开这个文件，你会发现实际上它也是一个纯文本文件，一个 XML 格式的纯文本文件，是为 Windows Media Player 程序所使用的一个文件。

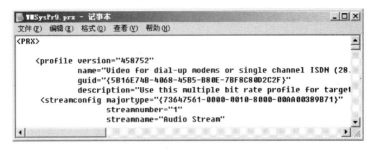

现在，唯一值得怀疑的就是 hahaha.exe 这个文件了。我们来查看它的属性。

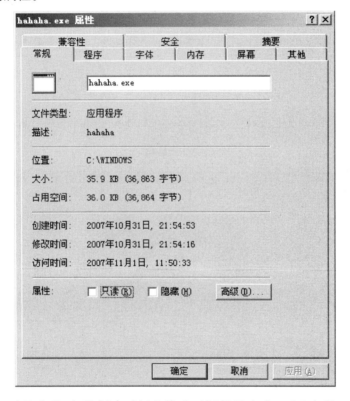

可以看到，它的创建时间和修改时间都是昨晚，而且它是 .exe 文件，而且昨晚我没有安装任何新程序，因此，它不可能是安装任何新程序时所新创建的文件，即使是安装了新程序，任何规规矩矩的守法的应用程序都不会毫无道理而且极其危险且极其没有必要的单独把一个 .exe 文件安装到 WINDOWS 这样重要的文件夹下。因此，这个文件必是病毒无疑！记下这个文件的名字，在后面删除病毒的服务时你会用到的。

5. 好了，现在我们终于找到这个把你折腾了这么久的该死的小病毒了，在这个病毒文件上点击鼠标右键（千万不要双击它，否则你就功亏一篑了），从弹出的菜单中选择"删除"，在"确认文件删除"对话框中点击"是"。

现在这个该死的病毒文件被扔到"回收站"里了。难道你还要"回收"它吗？！

立即在"回收站"上点击鼠标右键，从弹出的菜单中选择"清空回收站"。

不明就里的"确认文件删除"对话框又会再次弹出，点击"是"。

吁！——终于可以长舒一口气了。

啊！啊！啊！使劲喊两嗓子！手舞足蹈庆贺一下吧！

4.5.2.3 一个秘密，以及没人能揪着自己的头发把自己提起来，病毒也一样

告诉你一个秘密，其实这个 hahaha.exe 并不是一个真正的病毒，它只

是我为了向你演示如何分析出哪个文件是病毒而制作的一个假病毒（像偶这种病毒杀手级人物的电脑中怎么可能任由病毒好好的待在那儿呢），它是我用一个纯文本文件改的。

纯文本文件也可以改成 EXE 文件？！

当然可以。你现在就可以用记事本新建一个文本文件，把它保存为 hahaha.txt，然后把它的扩展名改为 .exe 就可以了。你会发现它无论从哪个角度看都是一个可执行程序，除了不能执行以外。

你此刻大概正在大脑中思考着什么，似乎想要抓住什么。没错，这意味着在 WINDOWS 操作系统中，事实上你无法根据一个文件的扩展名来判断这个文件真正的文件格式是什么。一个 .txt 文件通过把扩展名改为 .exe，就会变成一个可执行文件（尽管它并不能真正执行），而同样的，一个 .exe 的病毒文件也可以通过把它的扩展名改为 .txt 而摇身一变成一个看似无害的文本文件。

看到这里，或许你会感到有个冰凉的东西正从你的脊背下方爬上来。难道我们之前放过的那 27 个 txt 和 log 文件中可能存在着改了扩展名的病毒文件？！没错，是这样的，里面确实可能存在着改了扩展名的病毒文件。

啊！～～～

冷静！沉住气！没人能揪着自己的头发把自己提起来，病毒也一样。

一个 .txt 或 .log 文件的确可能是一个改了扩展名的病毒文件或者是某个病毒会用到的文件，但你要知道，在 Windows 操作系统中，只有 .exe 和 .dll 文件才是可以被执行的，除了这两种扩展名的文件，任何其他扩展名的文件都无法被执行。因此，这个自己给自己戴上手铐的 .txt 或 .log 文件要想做为一个病毒文件（为讨论方便我们称之为病毒 A）重新"活起来"作恶，就必须首先由另一个病毒文件（为讨论方便我们称之为病毒 B）（同样必须是一个 .exe 或 .dll 文件）把它的手铐打开。这个打开的过程可能是通过把 .txt 或 .log 的扩展名重新改回为 .exe 或 .dll，或是在病毒 B 的运行过程中动态的读取（加载）病毒 A 的文件内容，总之，病毒 A 和病毒 B 中至少要有一个必须是 .exe 或 .dll 文件，如果组成一个病毒的所有文件的扩展名都被改成 .txt 或 .log，那么，这个病毒就彻底把自己的前途给断送了，无论它多么厉害，它也永远无法发作了，它只是一段毫无用处的数据（一堆 01 而已），

对你的电脑不会构成任何威胁。

因此，只要我们对这几个可疑文件夹中的可疑的 .exe 和 .dll 文件进行观察，删除通过上述判断方法断定必是病毒无疑的 .exe 或 .dll 文件后，无论剩下的 .txt 或 .log 或任何其他文件类型的文件中是否存在改了扩展名的病毒文件，我们都不用担心，因为它们已经自己把自己铐起来了。它无法靠揪自己的头发把自己提起来。

4.5.3 最后是删除服务

前面我说过，有些厉害的病毒会通过修改注册表把自身注册为 Windows 的服务，从而使得每次启动 Windows 时都会自动加载自身，但事实上，在你成功地删除了病毒文件后，即便注册表中还存有病毒留下的把病毒文件加载为 Windows 服务的指令也没关系，因为你已经把病毒要加载的那个服务程序文件给删除了，这条指令已经变得没有意义了，因此，你不在注册表中删除服务也没问题了。

不过删除病毒在注册表中留下的这条加载服务的指令有另外两个可能会让你比较开心的理由：

一，以后你再启动 Windows 时，就不会再收到"有一个 Windows 服务没有成功加载"的令人心烦的提示了。

二，这会给你的杀毒工作画上一个看起来更美观的句号——你把所有病毒动过手脚的地方都恢复原状了。

要删除病毒在注册表中留下的注册服务的项目，方法如下：

打开注册表编辑器，进入 HKEY_LOCAL_MACHINE\SYSTEM\CurrentControlSet\Services 这个分支（所有的 Windows 服务都在这个分支中），根据你所中的病毒名称和你在 4.5.2.2 节中删除病毒文件时记下的病毒文件的名称，你可以在这个分支下的 300 多个条目中找到病毒的条目，因为这些条目都是按条目名称的首字母的字母顺序排列的，因此，很容易就可以找到。比如，如果你中的病毒是名噪一时的灰鸽子病毒的话，则你可能就会在这个分支下看到一个名为 Game_Server 的项目，在这个 Game_Server 项目上点击鼠标右键，从弹出的菜单中选择"删除"即可。

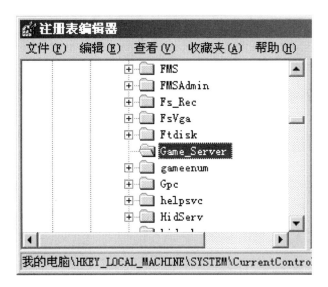

　　当然，你中的可能是灰鸽子病毒的不同变种，因此，这个项目也很可能不叫 Game_Server，而叫其他什么名字，或者你也很可能中的不是灰鸽子病毒，而是其他的什么病毒，但总之，你应该可以根据你所中的病毒名称和你在 4.5.2.2 节中删除病毒文件时记下的病毒文件的名称分析出病毒在这里的注册条目什么，然后删除这个条目即可。

4.6　上网查找杀毒方法

　　我相信在你认真地看过本章的 1 至 5 节的内容后，你的电脑中的病毒应该是被成功清除了。

　　不过病毒是在不断进化的，每台计算机的具体情况也是千差万别的，不排除在你执行过本章 1 至 5 节的方法后病毒还是没有被杀死的可能（尽管在我自己和学习了我这套方法的朋友们身上还没有发生过如此不幸的事情）。但若这一不幸的事情真的发生时，你仍然还可以尝试性的抱有一线希望，那就是上网查找杀毒方法。

　　上 Google，使用 ""病毒名称""解决方法""、""病毒名称""清除""、""病毒名称"怎么才能杀死这个病毒"等等诸如此类的关键字来搜索结果。注意，关键字中的"病毒名称"要替换成你的电脑真正中的那款病毒的名称。

　　另外，留心的读者会注意到上述三个关键字举例中，前两个都是把所

有关键字放在直引号（""）中，而最后一个则只有"病毒名称"被放到了直引号的包围中，而"怎么才能杀死这个病毒"并没有被放到直引号中。熟悉搜索引擎搜索机制的读者都知道，把关键字用直引号括起来表示要求作为搜索结果的页面中必须完整地严格地绝对匹配地含有包含在直引号中的那个无论什么东西；而没用直引号括起来的关键字则表示作为搜索结果的页面中不必严格地匹配整个关键字，而只要这个关键字中的每一个单独的字都在页面上出现了就可以了。也就是说，当你使用""病毒名称"怎么才能杀死这个病毒"来搜索时，你实际上是在使用""病毒名称""怎""么""才""能""杀""死""这""个""病""毒""作为关键字来进行搜索的。

当然，Google 的智能搜索引擎是很聪明的，它们会尽量把搜索结果中含有更完整关键字的页面排到前面。也就是说，如果有个页面上真的含有"病毒名称"和"怎么才能杀死这个病毒"这两个完整的关键字的话，那它一定会被排到最前面的。

能否找到杀毒方法，很大程度上取决于你使用和运用关键字的技巧，很多时候，对于一个你不熟悉的领域，你可能并不清楚最专业最有效的关键字（术语）该用什么。在这种情况下，你就可以使用我在前面 3.5 节中所告诉你的方法：即通过一种变通的或说逐步接近的方法来了解应该使用怎样的关键字来进行搜索。方法就是，用一句流畅而自然的话来尽量准确的描述出你所遇到的麻烦，然后把这句话来作为关键字进行搜索（前述的第三个关键字举例就属于这种情况）。Google 强大的智能搜索会尽力试图"理解"你所要寻找的东西，并会尽量把最符合你期待的结果放到搜索结果的前面，打开这些页面，仔细阅读一下这些结果页面上的内容，你很可能就会在这些页面中了解到你最该使用的那个关键字的专业叫法是什么，然后使用你新学到的这个更专业更地道的关键字来替换掉之前你所使用的那个不地道的关键字，你将发现这次你搜索出了更多更好的结果，通过这种方法，你有希望找到令你满意的结果。

4.7 它死了吗？

是的，这个作恶多端的病毒——终于——死了。

4.8　斗胆问一句，有不会感染病毒的操作系统吗？

严格来讲，没有。没有哪种操作系统是完全不会感染病毒的。

但的确有一种几乎不会感染病毒的操作系统，而且你绝对可以使用，这就是——Linux。虽然你可能没用过，但我估计你大概听说过它。一直以来它给你的印象大概就是免费而强大，而所有免费而强大的东西往往都是难以使用的。

我得说，你 Out 了。

随着人们越来越发现免费模式中蕴藏的巨大商业价值，现在已经有很多免费而强大的东西同时也是易于使用的，比如 Google，比如 Linux。

04 年底，一款充满人性易于使用的 Linux 诞生了，这就是 Ubuntu（我把它音译为"有奔头"，呵呵）。这是一款以桌面应用为主的 Linux 操作系统，其名称来自非洲南部祖鲁语的"ubuntu"一词，意思是"人性"、"我的存在是因为大家的存在"。

经过几年高速发展，现在，Ubuntu 已经成为全世界使用率最高且最易于使用的 Linux 操作系统。Ubuntu 有中文版，而且安装和使用都非常方便。不要再以为 Linux 操作系统还是像过去的 DOS 一样只能了无生趣地面对着黑漆漆的命令行屏幕来输入复杂的命令才能使用。

安装上 Ubuntu 后，你会发现 Ubuntu 的桌面美观、典雅而大方，一点不亚于 Vista，而当你开启 Ubuntu 的 3D 桌面特效时，你绝对会感到震惊。为了保持一份神秘感，我在这里特意没有放图片。你可以到网上搜索一下 Ubuntu 3D 桌面特效的视频。在震惊中看完后，你会意识到这种 3D 桌面不仅超炫酷毙，而且还有其巨大的实用性——相当于你的显示器面积扩大了六倍！因为你有了六张桌面（一个正方体有六个面），可以在桌面上放更多的窗口而不会互相遮挡。此时你的另一个念头就是 Vista 怎么好意思收钱？进而不免为微软感到有点害臊。

4.8.1 为什么 Linux 就极少感染病毒呢？

这有很多原因，听我给你一一道来。

首先，Linux 是开源的。所谓开源的就是说 Linux 这个操作系统的所有源代码都是开放的，因此，全世界的人都可以下载下来研究、分析和改进它。因此，即使系统存在可被黑客钻空子的漏洞，就会很快被发现并修补，人民的力量是伟大的。而相反，Windows 是不开放源代码的，只有微软的人来维护它，而全世界的黑客却都在找它的麻烦。

其次，同样是由于 Linux 本身的开源，这使得基于 Linux 的应用软件和系统软件也几乎都是开源的。这对病毒有两方面的影响：首先就是病毒很难藏身于开源的代码中间，相信任何人看到"读取用户的银行账号和密码并偷偷发电子邮件给XXX"这样一行代码时都不会不引起高度警惕吧。其次，对仅有二进制的病毒，一次新的编译安装就截断了病毒一个主要的传播途径。虽然 Linux 发行商也提供大量的二进制软件包，但是用户大都是从发行商提供的可靠的软件仓库中下载这些软件包，大都具有 MD5 验证机制，安全性极高。

再是，对一个二进制的 Linux 病毒而言，要感染可执行文件，这些可执行文件对启动这个病毒的用户必须是可写的。而 Linux 的文件管理方式是：谁创建的文件，谁才有权更改。其他用户只能看不能改，超级用户除外。那系统文件呢？除了超级用户，也是只能看不能改（何况病毒）。所以很多人把 Linux 中病毒看成比中 500 万彩票还稀奇的事。

还有，Linux 的网络程序构建地很保守，没有使现在 Windows 下的病毒如此快速传播成为可能的高级宏工具。

上述这些原因和机制中的每一个都是病毒成功传播的重要阻力。同生物病毒一样，一个计算机病毒，要想传播开来，其繁殖的速度必须超过其死亡的速度。上面提到的这些原因有效地降低了 Linux 病毒的繁殖速度，因此，这个病毒的厄运从一开始就注定了。我们没有看到一个真正的 Linux 病毒疯狂传播，原因就在于存在的 Linux 病毒中没有一个能够在 Linux 所提供的敌对环境中茁壮成长。现存的 Linux 病毒仅仅是技术上的好奇。现实是没有能养得活的 Linux 病毒。

Windows 下已经发现的病毒超过 40 万种！而 Linux 下仅有几百种，而且都是苟延残喘。

我建议大家完全可以安装一个 Ubuntu 操作系统（现在的最新版是10.04），在 Linux 下浏览网站你完全不用担心感染病毒，因此可以真正放心大胆地体会一下在互联网上尽情冲浪的酣畅感觉！

4.8.2 体会另一种生活方式——Linux 还有哪些好处？

使用 Linux，你获得的远不只是放心地冲浪而不用担心感染病毒，使用Linux 的好处简直多得说也说不尽，它们包括：

- 你可以合理、合法、合乎道德地免费使用 Linux，并免费升级到最新版本。
- 安装时不需键入那个 25 位的最后一位数码也许已经被狗啃掉了的产品密钥。
- 把同一拷贝安装到多台电脑时不用考虑授权限制或激活码。
- 你安装的系统不是一个空系统，任何你需要的软件（包括完整的办公软件）都包括在内，任你选择。
- 你可以一边安装系统一边上网浏览！
- 安装全套系统最多只需 15 到 20 分钟——极快！

- 轻易地实现与其它系统的双启动。

- 不畏惧旧硬件。拿一个勉强能运行 Win 95 的旧电脑（最多值 200 元），你可以轻松地运行 Ubuntu 并实现各种基本功能，多数情况下或许会比价值 5000 元的崭新 Vista 电脑还快。

- LiveCD 可以让你先试用一个版本的操作系统，然后再决定是否安装。

- 用 LiveCD，你可以启动一个甚至没有硬盘的电脑。

- 安装或更新软件后不必重启系统！

- 更新之后可以使系统运行得更快，而不是更慢。

- 不需再为扫描病毒、木马或流氓软件而浪费时间。

- 打开下载的文件几乎不用担心系统会因此受害。

- 安装尝试一个软件，然后卸除——它保证完全地从系统中卸除。而不用担心会在注册表或系统文件夹中留下任何零零碎碎。因为 Linux 根本就没有注册表这个东西！在 Linux 下所有的配置都是通过文本来实现，软件直接 copy 就可以使用。

- 作为正常用户登录使用时，你不可能搞乱系统。当你运行一个新软件时，你不用担心它会改变系统设置，或在某些系统目录下写入一些 DLL 或配置文件等。

- 你再也不用整理磁盘碎片了！系统不会越用越慢。使用 Windows，每 3 到 6 个月你就得进行一次漫长的碎片整理，微软还要求你什么也不能做来配合这次清理——你得牺牲你宝贵的时间。而 Linux 压根就没有磁盘碎片整理这一说！因为 Linux 的数据是跳跃式分布的（而 Windows 是连续分布），随着你的使用，数据的读取会越来越轻松！

- 你的硬盘的使用寿命会更久。Windows 的磁盘管理方式对硬盘的寿命也是一种不合理。靠近前面的磁盘空间被反复的使用，而后面的磁盘空间也许到磁盘报废也没用过。对于硬盘而言，这种方式肯定不如将整个磁盘都均衡利用来得寿命长。而 Linux 正是把整个磁盘都用起来了。

- 系统不需要每天重启两次来确保运行正常。实际上，你一个月不重启也没关系。

● Linux 让你有一个稳定的电脑，它只做你要求做的事，不多也不少。

● 每 6 个月系统就会有一个确确实实更好的升级版。

看完了这节，我相信很多读者都会按捺不住激动的心情，想首次尝试安装 Linux 了。非常简单，只需到 www.ubuntu.com 下载一个最新版的 Ubuntu。然后，开始体会另一种全新的更自由的生活！

4.9 使用 Vista 或 Windows 7 后，硬盘空间经常大幅减少，请问是中毒了吗？

尽管硬盘空间大幅减少通常是由于病毒引起的，但很幸运，这一次却不是这样。这一次是由 Vista/Win 7 引起的。

4.9.1 偷偷蚕食硬盘空间的还原点功能

很多使用 Vista/Win 7 的人们都会发现，硬盘每隔几天就会很诡异地减少几个 GB，但杀毒却查不出病毒。其实这一硬盘的减少现象是 Vista/Win 7 本身导致的，因为在默认情况下，Vista/Win 7 会在系统的每一次更新前自动创建还原点，以便万一在你安装了这个更新后发现你的系统出了问题时，可以让整个系统还原到未安装这个更新前的状态。这是很不错的机制。

唯一的遗憾就是，不知为何，创建还原点（即所谓的保存环境）要耗费的空间大得惊人。每创建一个还原点都要占用几 GB 的空间。所以，在你安装过十几次更新后，你会吃惊地发现你的硬盘莫名其妙地少了几十个 GB。

还原点是好功能，但其消耗硬盘空间的速度却是有点让人受不了。不加处理，半年后你的硬盘就剩不下多少空间了。

解决方法也很简单：

1. 选择"控制面板"→"系统和维护"→"备份和还原中心"→"创建还原点或更改设置"。

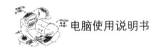

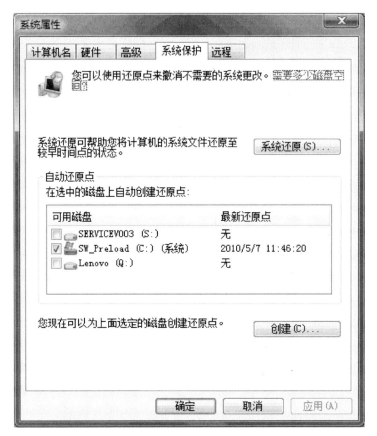

2. 在"系统保护"选项卡中取消对非系统盘的创建还原点功能。比如，如果你的 Vista 或 Win 7 是安装在 C 盘上，则你就可以取消对 S 盘和 Q 盘的选择，只保留对 C 盘的选择。点击"确定"。

3. 选择"开始"→"所有程序"→"附件"→"系统工具"→"磁盘清理"→"此计算机上所有用户的文件"。在出现的"驱动器选择"对话框的下拉列表中选择 C 盘，点击"确定"。在弹出的对话框中点击"其他选项"。

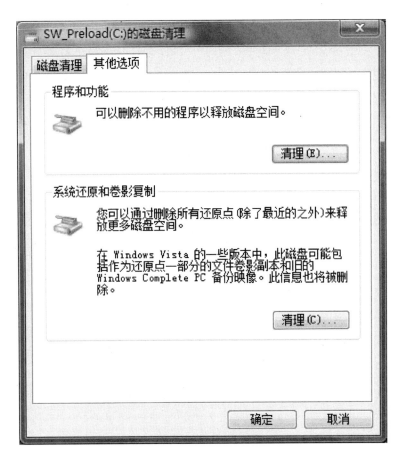

4. 点击"系统还原和卷影复制"中的"清理"，在出现的对话框中点击"删除"就可以了。这样你就成功地把所有旧的但却占用了大量空间的还原点都删除了，而只保留了最近一次的还原点。还原点的删除会需要个十几秒钟，之后点击上面这个对话框中的"确定"。此时，你再检查 C 盘的空间，你会发现丢失的十几乃至几十GB 终于又找回来了。

4.9.2 突然鲸吞硬盘空间的系统备份功能

如果说 Vista/Win 7 的每次更新会吃掉几 GB 的还原点功能是在蚕食硬盘空间的话，那另一种如果你事先没有思想准备真能让你惊出一身冷汗的系统备份功能则绝对可以称得上是鲸吞了——因为它一次吃掉的可不是几

GB，而是几十 GB，甚至上百 GB！

　　用过 ThinkPad 笔记本电脑的用户，可能会在某天早上打开计算机时震惊地发现硬盘一夜之间少了几十 GB，甚至上百 GB。肯定中毒了！然而怎么杀毒都杀不出毒！进而又想是不是旧的还原点没有清除的原因，然而清除了旧还原点后也只回收了十几个 GB，那其余的几十个 GB 到底被什么东西占用了？！

　　答案说来简单，不过就是昨夜你开机睡觉的时候，你的 ThinkPad 笔记本预装的 ThinkVantage Rescue and Recovery（营救与复原）软件体贴但自作主张地为你做了一次"完整的系统备份"——把你 C 盘上所有的东西都在 C 盘上一处你自己不能访问的空间里重新拷贝了一份。

　　如果备份时你的 C 盘刚好用了一半了，则备份完后刚好你的硬盘就没有任何可用空间了。真是让人崩溃的体贴啊。

　　虽然现象很惊人，但要取消这个功能，倒是很简单：

　　双击桌面上的"Lenovo Care"，选择"安全、保护和恢复"→"备份数据"，在打开的"ThinkVantage Rescue and Recovery"对话框中点击"更改计划、对备份命名以及删除备份"，在打开的对话框中的"更改调度和位置"的"频率"下拉菜单中选择"从不"，然后点击"保存更改"即可。以后你就不会再遇到这种硬盘空间被突如其来的系统备份鲸吞的事情了。

　　当然，取消这种默认的全盘备份并不表示我建议你不做备份。事实上，备份是非常重要的，只是这种全盘备份对有些人来说并不合适。但对电脑中的所有重要文档，也就是所有那些如果丢失了你就会欲哭无泪的文件，你都应该把它们在你的 U 盘中拷贝一份以防万一（最好刻成光盘）。

　　不仅 ThinkPad 在出厂时有这种默认的全盘备份，其他一些品牌的电脑也有类似的默认全盘备份。如果某天早上开机发现你的硬盘猛然间少了几十甚至上百个 GB，也可以往这方面考虑考虑。

有一天你哼着欢快的小曲来到计算机面前，当你打开计算机时……什么也没有！

第 **5** 章

我的电脑硬件出故障了

其实，在这里你将遇到的第一个难题并不是硬件出了故障后你该怎么办，而是你怎么能知道你目前所遇到的这个电脑问题是硬件出了故障，而不是软件出了问题，或是其他某个显然和电脑有关的因素发生了异常所导致的。

作为一个电脑行家，说真的，我已经锻炼出一种直觉，一旦电脑硬件出了问题，我会有一种感觉，我的大脑中和电脑硬件故障相关的那个部分这时候会亮起一盏红灯，小灯不大，但足以引起我的重视。

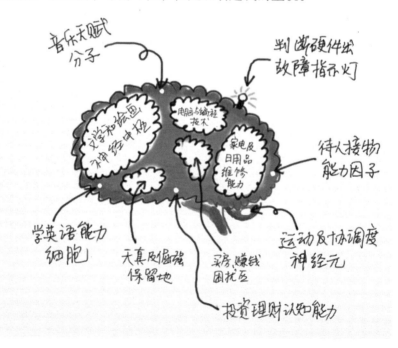

当然，直觉和事实的主要差别就在于直觉不等于事实。偶尔的情况下，我以为是软件的问题，结果发现是硬件的故障，另一些偶尔的时候则正相反。

电脑行家尚且会出现这类判断失误，普通电脑用户要断定一个故障是硬件还是软件的问题就更困难了。但不管怎么说，还是有一些规则可以帮助你判断一个问题更可能是硬件导致的还是软件引起的。

5.1　判断是硬件出了故障的一般法则

太明显的硬件问题我就不说了，比如你晚上正用着电脑，突然没有任何征兆的，陷入了一片黑暗之中，电脑断电了（因为显示器黑了），而与此同时，灯也灭掉了。这显然是硬件出了故障，但不是你的电脑，……。

判断是硬件出了故障的一般法则：

第一条：要坚信电脑硬件的器质性病变通常而言是不会发生的。

第二条：最容易发生的硬件器质性病变是不容易被你发现的。

第三条：由第一条和第二条可以推导得知，绝大多数被你发现的"硬件故障"都不是真正的"硬件故障"。

第四条：硬件的器质性病变很少，但硬件的功能性病变还是经常发生的。

第五条：如果昨天一切正常，而今天出了故障，那多半是软件的问题。

下面让我分别来解释一下上述五条法则。

第一条，认真阅读过"1.1.2 软件方面的原因"这一节的读者应该可以理解的；

第二条，根据我 15 年来使用电脑的经验看，最容易发生的硬件器质性病变就是硬盘在日积月累中的磨损。机械运动最多的部件总是最容易出问题的。硬盘的磨损表现为坏道会一条条逐渐增多，但正如你只有翻到箱底时才会发现那里已经生虫了一样，除非认真地运行过 SCANDISK 程序，否则你不会知道硬盘已经有那么多坏道，因为仅仅格式化硬盘并不会令你发现这些坏道；

第三条，很明显，我就不多解释了；

第四条，器质性病变就是指东西"真的"坏了，而功能性病变，则是

说这个东西看起来似乎"坏了"，而实际上一点没坏。比如，如果你的键盘插头没有插牢的话，你就会发现你的键盘不能使用了，完全失控。但只要把键盘插头好好插一下，一切就都 OK 了。

第五条，如果昨天你关机时还一切正常，而关机之后你没有对电脑进行任何骚扰，比如用脚踹它，或者打开机箱来安装一块新内存的话，那么，在这种情况下，当你第二天开机后发现出了问题，则几乎 100% 是软件方面的故障，这就像你傍晚离开办公大楼时办公大楼是好好的，那么你就应该有把握相信第二天你还会看到它依旧好好的待在那里。

5.2　你我这种水平维修电脑要准备的工具

虽说我是电子学与通信系统专业毕业的（我家小到随身听、门锁、大到洗衣机、洗菜池的下水系统都是我负责维修，你知道，我是一个肯钻研的人☺），又是高级程序员，计算机水平相当了得，但不管怎么说，偶毕竟不是硬件工程师，也不是维修方面的专家，所以我在维修硬件上不会有多么专业的经验，但正因为如此，我认为我所能教给你的那些经验比那些维修专家们的会更有价值，在我这里你不会听到把 GSD12345 芯片上的 16 号管脚焊接到 ZJG54321 芯片的 24 号管脚上这类让你拿着主板直想哭的描述。

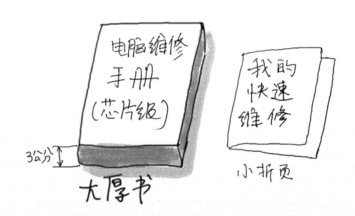

那么，好了，我所教给你的维修技术绝对是非常简单的，而且绝对是你完全能够做到的。但正如即便是要擦擦眼镜也需要一块眼镜布一样，要维修电脑，你需要几样工具。到底需要什么工具呢？听我细细道来。

哦，对了，差点忘记交待一件极为重要的事情了，那就是如果你购买的是品牌机，而且电脑还没有出保修期的话，请你务必注意一下，就是机箱后面是否有一些诸如小封条模样的东西，如果有的话，则表示卖给你机器的这家经销商禁止你在保修期间擅自打开机器，如果你那么干了，则他们就不给你保修了。当然，出了保修期就无所谓了。

5.2.1 首先要准备好一套简单而有效的维修工具

对你我这种水平的业余选手来说，应该准备些什么工具来进行力所能及的简单维修呢？别紧张，都很简单。下面我给你列一下，我敢保证，其中的好几样东西你都已经有了。

普通大众维修电脑的简单工具：

1.　可换头螺丝刀一把

　　这东西很好用，大肚子里装着好多个不同的"头"（十字形、一字形、尖头、平头、大中小各种型号），你可以根据你要拧的螺丝的情况随时更换最适合的，如果你还没有的话，这东西你在任何一个电脑城都能买到。不用买那种贵的，你我这种水平用那种高档货多少有些浪费的费。

2.　橡皮一块

3.　一块擦眼镜或镜头的麂皮或带有绒毛的布

4.　几张比较硬的纸

就这些就足够了。很简单不是吗？

5.2.2 但是否还需要买个万用电表呢——万用表在心理学上的不为人知的秘密

我因为偶尔还要修点别的东西，比如一个被我发脾气时摔坏的电视遥控器什么的。在这种时候，我通常会拿出我的万用电表，煞有介事地这里量量、那里测测，每当我的父母看到这一幕时慈祥的脸上总是写满了欣慰，

他们一直引以自豪的乖儿子的大学还真是没白读，"我说，老伴啊，你看咱儿子修起东西来多专业啊"。

完成对万用表例行的折腾后，我通常就会把万用表放到一边（但依然会摆在我面前），然后依旧用土办法——肉眼观察和故障重现来进行维修。这个时候真的是偶超高的智商开始发挥作用了，我几乎总是能凭肉眼和对故障重现的规律中发现问题的所在，然后修好它，我的维修工具通常就是我那个 20 元买的电络铁。

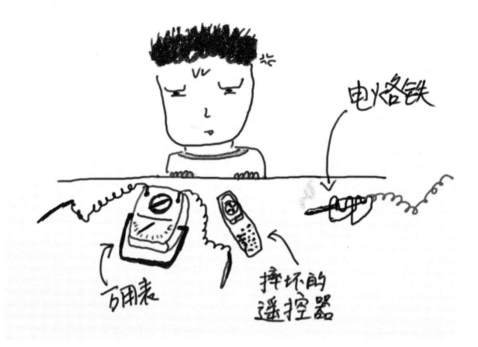

所以，对你我而言，从技术上讲，完全不需要一个万用表。但从另一个角度看——你知道，看待事物总是有好几个角度的，很多时候，仅仅换一个角度，你就会发现事物展示出了它非同寻常的一面，对待万用表也是如此。

美国一家专门生产万用表的厂商曾经做过一个著名的试验，试验的过程是这样的：他们从超市婴儿用品区正在选购纸尿布的顾客中选出来 40 位符合要求的丈夫（主要的一项要求是对维修电器的经验不能太多，以能在看着说明书的情况下给日光灯成功地更换启动器为宜），然后把他们分为两组，每组 20 人，其中一组的每个人拿到了一个读数紊乱的万用表（被称为万用表组），另一组则没有被分给万用表（被称为无万用表组）。试验的任务从简单到复杂分为三个等级，最简单的任务是给手电筒换电池（需要找到大小合适的电池，并搞清楚电池的正负极），中级的任务是修好一个调频功能失灵的收音机（必须找到其中坏掉的那个电容和一个集成块并更换之），最复杂的任务则是修好一个在 28 楼高空作业（擦玻璃）时摔下去的 IBM 机器人的钢铁脑袋，必须更换钢铁脑袋中搭载的那台超级计算机的 1024 个 CPU 中坏掉的那 8 个和 3072 个复杂的让人窒息的集成电路中失灵的那 56 个，以及找到并断开那根接错的电线（正是这根接错的电线让这个不幸的机器人情绪失控摔下去的）。

试验进行了一天一夜，最后的结果是，无万用表组中除一人外都成功的给手电筒更换了电池，但没人再能完成更复杂的任务（这个结果是科研人员预料之中的）；而万用表组的表现却大大超出人们的预料，不仅全部都成功的给手电筒更换了电池，而且其中有 8 人还修好了那台收音机，而这 8 人中——竟然——竟然——竟然有一个人修好了那颗钢铁脑袋！当试验的工作人员询问他们万用表是否对他们有帮助时，他们纷纷表示如果没有万用表，完成这么复杂的工作根本就是不可想象的，万用表给出的读数在他们定位故障部位时起到了决定性的作用。当采访那个修好机器人脑袋的丈夫时，这位丈夫表示他将给他即将满一周岁的宝宝买一台最先进的万用表作为生日礼物，他说这会对宝宝的智力开发起到重大作用。

根据这些铁一样的事实，试验人员最后得出结论，万用表可以给普通人在维修电器时提供巨大的心理上的支持和难以估量的智力上的启迪。这家精明的万用表厂商根据这个结论，开发出了一系列专门给普通人使用的增强型万用表，读数当然依然是紊乱的（这点几乎是必须的，因为后来的研究表明，太准确的读数会让人产生怀疑），主要的增强是外观上的，毕竟这不是一个拿来测量准确读数的万用表，而是一个要增强心理上的支持和给人以智力上的启迪的万用表，如果这意味着要加上更多的探针，更多的刻度盘，更多的把手，更多的令人匪夷所思的电学符号，那就加吧。这一系列产品一上市即得到了市场的认可，获得了全面的成功，整个系列都大卖。

这次试验史称"万用表试验"。那台被修好脑袋的机器人后来辞去了那

份高空作业的工作，当然这是后话了。

说了这么多，其实只想说明一点，那就是万用表有它巨大的心理学上的价值，因为当你拥有一个万用表时，你会感觉自己很专业，从你左前方的某个角度看去，面前摆着一个万用表的你几乎就是一个专业的维修人员，这会带给你更多的自信。

5.3 自己动手解决或判断几种最常见的硬件问题

工具已经有了，下面我们来看看，我们能解决或至少判断出哪些硬件问题。

5.3.1 电脑经常死机

电脑死机的原因很多，我这里只说真正是硬件"坏了"所产生的死机问题的解决办法。诸如超频引起的 CPU 过热导致的死机等等非器质性硬件问题引起的死机都不算在内。

通常，有两种硬件故障会导致死机：一种是内存有坏块，一种是硬盘有坏道。

5.3.1.1 内存有坏块

首先，让我们先来看看内存有坏块的情况：

如果之前一切都好好的，而你在增加或更换了一个更大的内存后，就经常发生死机，则毫无疑问就是这个新增加的内存有问题。

要更换内存，首先要打肥皂洗手。一定要洗手的原因就在于人身体上的静电电压有时（尤其是在冬天干燥的季节里）会高达几千甚至上万伏特，这个电压会轻易地将主板上的某个小元件给击穿。

然后，关闭电脑的电源，拔下电源线，之后用上面那把称手的螺丝刀拧下机箱后面的螺丝（现在的新机箱已经都是无螺丝设计了，但老机箱还是有螺丝的），把机箱小心地放倒，把要更换的那条内存两侧的耳朵向两侧掰开，取下内存，然后拿着它到卖给你这个故障产品的经销商那里更换并起劲的抱怨吧。内存故障引起的死机往往发生在你试图运行一个大个程序的时候，因为当运行大程序时，几乎所有的内存都会被动用，一旦那块有问题的内存被使用，死机就会发生。

5.3.1.2　硬盘有坏道

接下来，让我们再来看看硬盘有坏道的情况：

如果之前一切都好好的，而某一天你打算重装系统了，却在你重装系统的过程中总是莫名其妙地发生死机，导致你尝试了多次都无法成功地重装系统，则最可能的情况就是你的硬盘有坏道了。

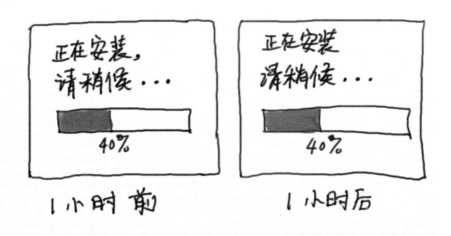

又或者，在你使用这块硬盘几年后，渐渐的你发现硬盘灯不停闪烁的情况出现的越来越多了。这很可能就是硬盘的磁头正试图把数据写到一个已经坏掉但却还没有被标记为坏道的地方，因为它坏了，写不上数据，所以磁头就会一遍遍地尝试，直到达到预定的次数后才放弃转而试试另一块空地儿是否会运气好些。这个过程的外在表现就是硬盘灯一直在不停地闪烁，令人焦躁。

绝对的电脑新手这个时候就会感到紧张，感到委屈，感到世界正在把

他抛弃；而有过一般装机经验或者一些在办公室被称为电脑高手的富有经验的老电脑用户此时就会猜测是不是安装光盘出了问题，读不出光盘上的内容所以安装进行不下去了，经过在其他机器上的检查证实光盘是好用的后，就会慢慢开始怀疑是不是硬盘出现坏道了。注意，由于硬盘不管怎么说还是属于耐用品的，因此，大多数人很少会怀疑硬盘会出现坏道，而事实上，硬盘通常在使用到第四个年头时候就开始出现坏道了（这也就是硬盘的质保期为什么是三年的原因）。

一旦怀疑硬盘有坏道，有点经验但还不太足的用户首先想到的就是格式化硬盘，但格式化后他们才发现原来格式化硬盘并不会把坏道标识出来。为什么以前却一直以为格式化会标记出坏道呢？难道是记错了？正在这些经验不足的用户思索这个令他们费解的问题时，经验更丰富的用户已一脸严肃地开始执行 ScanDisk 命令有一段时间了。

没错，只有 ScanDisk 才能标识出硬盘的坏道，在这些经验丰富的用户完成 ScanDisk，并如愿以偿大松一口气的看到有多少个坏道被标记出来后，嘴角露出了一丝不易察觉的微笑——嘿嘿，都被我逮到了。然后，他们开始再次重新安装系统，不一会儿，令他们难以置信不能理解的事情发生了，系统的安装又在上次死机差不多的位置处停止了，这次，轮到这些经验丰富的用户感到紧张，感到委屈，感到世界正在把他抛弃了。

5.3.1.3 为什么坏道被标识出来后还是不行——坏道的"传染性"

为什么会出现这种情况呢？坏道难道不是已经清清楚楚明明白白地标记出来了吗？！

这个"为什么"的原因就是——坏道的周围也是一些不可靠的地带。你要知道硬盘的数据存储方式是基于一些可以在磁场作用下改变磁化方向的小单元，而"磁"不是一个很"精确"的东西，你可以想象一下，当几个小单元已经无法被磁化方向时，它们临近的一些小单元虽然还没有被标识为坏道，但其实际上已经很接近坏掉的边缘了，已经经受不住磁头再一次的发力了。这也就是专家们常说的坏道有"传染性"。

打个比方吧，我们都有过这样的经验，当发现袜子上磨破一个洞时，这个洞周围的一圈虽然还有线连着，但这些线也已经很松散很稀薄了，稍微拽一下也就跟着破了。如果你要缝补这个洞，你不能紧挨着洞的边缘来穿针引线，因为这块的线很松散，吃不住劲，必须离开洞一块距离，到达线密实的地方才能开始走针。

标记坏道，也是同样的道理，你不仅要把坏道标记成坏道，而且要把坏道周围的一小片区域也都标记为坏道才行，这样才能真正避开坏道和那些再来一次就会变成坏道的区域。

那有什么办法可以做到这点呢，如果你是电脑高手，你可以根据ScanDisk 标记出的坏道的位置，手工计算出这个坏道在磁盘上所处的位置，然后在分区时把有坏道的前后 50MB 的区域分到一个分区中，然后将这个分区删除或隐藏即可。

当然，对于普通大众用户，我们有更简便的方法，你可以使用一种叫FBDisk 的软件（网上搜索一下就能找到）来标记出坏道并自动把坏道周围的一小片区域指派到一个被禁用的分区。

完成这个工作后，你的硬盘就得救了，再安装系统时就可以顺利通过了。

有的读者可能听说，当硬盘出现坏道时可以通过对硬盘做低级格式化的方式来修复坏道。这是一种彻头彻尾的误导。低级格式化的确可以通过做一些事情来挽救某些东西，但却绝不是用来干修复和标记坏道的，事实上，做低级格式化唯一能产生的后果就是产生更多更大片的坏道。

那么，低级格式化是用来干什么的呢？低级格式化最典型的应用只有一种情况：即当你的硬盘在一个强磁场中待过，以至于将硬盘上原本规划的好好的"扇区"都给涂花了，导致硬盘出现大量坏扇区（注意，这可不是坏道，而是坏扇区；不是某条街道，而是整个片区）时，才可以抡起"低格"这把大斧在硬盘上重新砍出边缘明确的"扇区。

我用一个命运多舛的笔记本（不是笔记本电脑，是真正用来写字的小本子）来举例把上面这个过程给你解释一下：硬盘在强磁场中待过，这就好比把这个笔记本扔到水里泡了三个星期，拿出来时自然已经都泡烂了，完全不成个了，没法写字了，这就好比是硬盘的"扇区"都涂花了、混乱了，那怎么才能再利用起这个笔记本呢，唯一的办法就是把这个笔记本彻底打成纸浆，然后重新回收再加工成一个笔记本，因为打纸浆、回收、再加工的每道工序都会有一定量的物质流失，因此再加工成的笔记本的页数肯定

要比原先少很多。低格过的硬盘就像这个再加工的笔记本一样,会容量大减、元气大伤。一般认为,一块硬盘经过四次低级格式化后就会彻底报废。你把一个笔记本这样折腾四次后,最后回收回的纸浆就只够做一个封面和封底了。

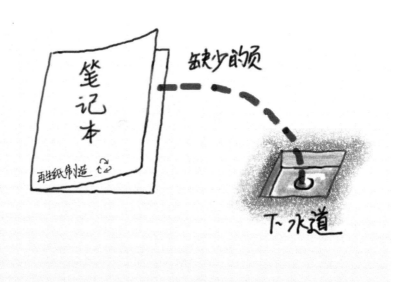

5.3.2　电脑开机时发出以前没听过的嘀嘀声

在研究那些明显让你感到不安的嘀嘀声之前（因为此时显示器也一片漆黑了）,我觉得有必要让你知道一些事情,一些在发出嘀嘀声之前发生的事情,一些重要的事情。了解了这些事情,将有助于我们后面对嘀嘀声的认识。

好吧,每次开机你总是从按下电脑机箱上的电源开关开始的,这一简单的动作引发了哪些事情呢？之后又为什么会发出那些让你不安的嘀嘀声呢？让我来给你解释一下。

当你按下电源开关时,电源就开始向主板和其他设备供电,但这个时候电压还不太稳定,主板上的控制芯片会向CPU发出一个指令——"嗨,伙计，打起精神来，准备干活儿了”，然而，尽管控制芯片这么吩咐了，但CPU可没那么傻，它不会立马就开始执行指令，因为此时电压还没有稳定到让CPU感到舒服。这很好理解。想想看，每次你洗澡时，是先用手快速的试试水温，直到水温合适了才把脑袋伸过去呢，还是直接就把脑袋伸到喷头下……？

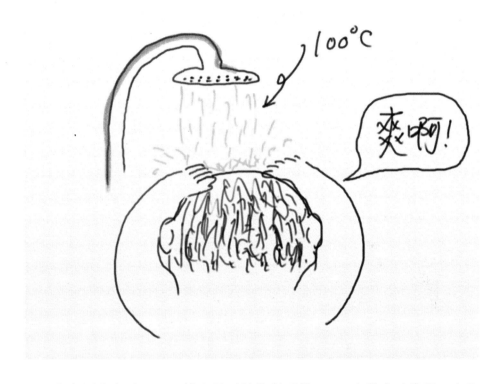

在电压稳定后，CPU就立马开始执行系统BIOS中的启动代码，这些启动代码要做的事情就是进行POST（Power-On Self Test，即加电自检）。那么，什么是加电自检呢？简单的说，就是电脑要看看自己的几个关键部件是否都健在。内存何在？有！显卡？在！就干这事。这些都是电脑要干活儿所必需的，因此，必须在第一时间进行确认。如果在这个加电自检过程，电脑发现自己的一条大腿不见了（比如，常规内存出了故障），则系统BIOS就会直接控制喇叭发声来报警，以向你报告这一重大的发现——一条大腿不见了！

好了，现在我们已经知道了当电脑开机时发出不寻常的嘀嘀声时就表

示出了大麻烦了，那么到底是出了什么麻烦呢？电脑会通过不同的嘀嘀声来向你报告不同的坏消息。

下面我给出国内最常用到的几种 BIOS 的嘀嘀报警消息。如果错误消息过于专业的话，我会同时给出大白话的说法，以便于你理解。

先来看 AMI BIOS 的嘀嘀报错消息：

AMI BIOS 使用同样长度和音调的嘀嘀声。通过嘀嘀声的数目不同来表示不同的错误。

嘀嘀声	错误消息	描述
1短	DRAM（Dynamic Random Access Memory——动态随机存取存储器）刷新失败。 大白话：内存刷新失败。	可编程中断计时器或中断控制器大概出了问题。 大白话：意思就是你恐怕得换条内存了。
2短	内存奇偶校验错误。	第一个64K内存中出现了内存奇偶校验错误。内存芯片大概坏掉了。 大白话：还是得换条内存。
3短	基本的64K内存失败。	第一个64K内存中出现了内存失败。内存芯片大概坏掉了。 大白话：同样还是得换条内存。
4短	系统计时器失败。	系统时钟/计时器芯片失败，或是在第一个内存组中发生了一个内存错误。 大白话：主板得拿去修了。

嘀嘀声	错误消息	描述
5短	处理器错误。	系统CPU失败。 大白话：CPU完蛋了。
6短	A20门失败。	键盘控制器芯片失败，它不允许A20门把处理器切换到保护模式。更换键盘控制器。 大白话：主板得拿去修了。
7短	实模式处理器异常错误。	由于CPU或主板电路中出现了一个故障导致CPU发生了一个异常错误。 大白话：或者是CPU完蛋了，或者是主板得拿去修了。
8短	显卡内存读/写错误。	系统视频适配器缺失或有故障。 大白话：伙计，显卡得拿去修了。
9短	ROM（Read Only Memory——只读存储器）校验和错误。 大白话：BIOS出麻烦了。	系统BIOS ROM中的内容与期待的校验和值不匹配。BIOS ROM可能出故障了，需要被更换。 大白话：需要去刷BIOS了（要用专用的设备才能刷BIOS中的内容），也可能需要换个BIOS了。

嘀嘀声	错误消息	描述
10短	C M O S（Complementary Metal-Oxide-Semiconductor——互补金属氧化物半导体）的shutdown寄存器读/写错误。 大白话：你的主板上的一个用电池供电的存储器出故障了。	CMOS的shutdown失败。 大白话：需要更换CMOS了。
11短	高速缓冲存储器错误。 大白话：缓存出问题了。	L2高速缓冲存储器有故障了。 大白话：外部缓存故障。需要更换外部缓存了。
1长，2短	视频系统失败。	视频BIOS ROM中出现了一个错误，或是水平回扫失败。 大白话：需要更换显卡的BIOS，或是需要把显卡拿去修了。
1长，3短	内存测试失败。	在测试中发现64KB以上的内存中出现了一个错误。 大白话：需要换条内存了。

嘀嘀声	错误消息	描述
1长，8短	显示测试失败。	视频适配器缺失或是出了故障。 大白话：你不会是忘记插显卡了吧？要么就是显卡没有插好，最坏的情况就是显卡要拿去修了。
1长	POST（Power-On Self Test——加电自检）通过了所有测试。	耶！正常通过！ 大白话：你的机器没有出毛病时就应该是这样的一声长长的嘀声。

再来看 Award BIOS 的嘀嘀报错消息：

Award BIOS 使用持续时间不同的嘀嘀声来表示不同的错误。一个长的嘀嘀声典型的是持续两秒钟，而一个短的嘀嘀声则只持续 1 秒钟。Award BIOS 也使用不同频率的嘀嘀声来指示那些严重的错误。例如，当一个 Award BIOS 检测到 CPU 的温度过高时，它会通过播放一个高音调重复的嘀嘀声来向你报警，不管你此刻正在运行什么程序。

嘀嘀声	错误消息	描述
1长，2短	视频适配器错误。 大白话：显卡出问题了。	视频适配器坏掉了或是没有插好。同时，你还要检查一下显示器的数据线是否连接好了。
长声不断	内存错误。	检查一下，到底是内存没有插好还是忘记插上内存了，或者，最坏的情况，内存完蛋了。
1长，3短	没有显卡或是显卡的显存出故障了。	好好插一下显卡，如果还不行，就只能换块显卡了。

嘀嘀声	错误消息	描述
当电脑在运行时出现高频率的嘀嘀声	CPU过热。	检查CPU的风扇是否在正常工作。如果风扇还在转，那么，再检查一下你的工作环境是不是太热了。
重复的高/低嘀嘀声	CPU失败。	CPU没有插好，或者，CPU完蛋了。当然，也有可能是因为CPU过热导致的，检查一下CPU的风扇。

最后，我们再来看一下 ThinkPad 笔记本的 BIOS 嘀嘀报错消息。毕竟，现在用 ThinkPad 本本的越来越多啦。

嘀嘀声	描述
连续的嘀嘀声	主板失败。
一声嘀嘀声	液晶显示器连接器出现故障，或是液晶显示器背光逆变器出现故障，或是视频适配器失败，要不然就是液晶显示器安装的有问题，也有可能是主板出了问题，当然，也不能排除是电源出了问题。 大白话：笔记本这种东西你我这种水平的都修不了。
1长，2短	主板故障，或是视频适配器出了故障，也不排除是液晶显示器安装的有问题。
1长，4短	电池低电压报警。 大白话：就是电池快没电了。
每秒一声嘀嘀声	电池低电压报警。
2短并带有错误代码	POST（加电自检）错误消息。
2短	主板故障。

还有一种并不太常见的情况，这种情况对台式机和笔记本都适用，那就是你非常地确定你的电脑硬件出了故障，但启动电脑时候却没有听到嘀嘀声，这是怎么一回事呢？答：喇叭坏了。

5.3.3　电脑频繁的重启动

电源的功率太小了，拖不动你的机箱中安置的众多设备了。这在前面章节中已经详细说过了。

5.3.4　显示器不亮

显示器不亮的原因太多了。但这里我只说你能解决的那些问题。

首先，你要看看显示器上的那个小灯的颜色是否正常，如果平常正常使用时显示器上的那个小灯是这种颜色（假定是绿色），而现在却变成了奇怪的另一种颜色（假定是黄色），或者更明显的——显示器上显示出"No Signal"或"无信号"这样的字，则表示此时显卡没有传给显示器任何数据，没有任何数据可显示当然就只能显示一片漆黑了。

要解决这个问题，你可以先关闭电源，然后把显示器连接显卡的那个插头拔下来后再重新插上。开机。看看问题是否解决了。

如果还没有解决，则再次关闭电源，打开机箱，把固定显卡的螺丝拧下来，然后把显卡小心地拔出来（再次提醒要打肥皂洗手），用橡皮（你准备好的那块）认真地擦显卡的金手指部分（就是那一长溜已经有点暗哑的金属触点），你会看到擦过后金手指会变得很亮（真正名副其实的金手指了），这是因为你刚刚把金手指表面已经被氧化的那层绝缘物质擦掉的缘故，这个氧化层常常就是罪魁祸首。重新把显卡安装回机箱，然后再次开机测试，如果你运气不是太坏的话，你应该会看到显示器显影了。

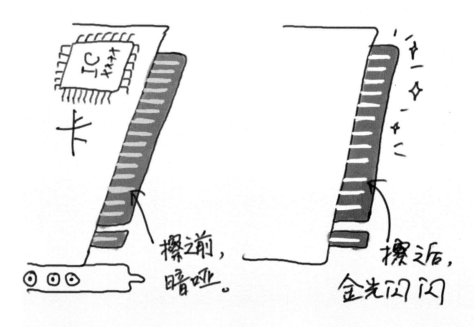

5.3.5 声卡不响，网卡丢失，以及其他似乎某卡不存在了之类的故障

同理，声卡不响，网卡丢失等等问题，也可以根据 5.3.4 的操作来通过再次拔插一次，并认真的用橡皮擦拭一遍这些卡的金手指来尝试着解决。结果往往都能奏效。

5.3.6 鼠标好像不灵活了

要费好大劲儿才能把指针指到你希望它指到的地方，这常常发生在机械鼠标上（光电鼠标不存在这个恼人的问题），原因就是机械鼠标内部的几个滚轴上粘上太多的脏东西所导致的。

解决方法是，用小号的螺丝刀卸下鼠标底部的几个螺丝，把螃蟹盖打开，用小刀刮剥去缠粘在几个滚轴上的那些脏东西，然后重新把螃蟹盖盖上，拧好螺丝。再试试，是不是灵活多了。

5.3.7 无法设置网卡的 Internet 协议（TCP/IP）及重装系统的奥秘

很偶尔的（这几乎总是发生在你刚刚重装系统后），你会发现你无法设置网卡的 Internet 协议（TCP/IP）。每次你在"Internet 协议（TCP/IP）属性"对话框中设置好后，如图：

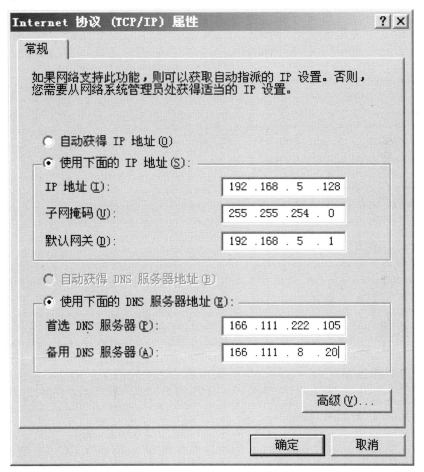

点击该对话框的"确定"，然后再点击上一级的"本地连接属性"对话框中的"确定"后,再次打开"本地连接属性"对话框,并进而打开"Internet 协议（TCP/IP）属性"对话框后，你会吃惊地发现你刚刚设置好的数据全都消失了。如图：

Internet 协议 (TCP/IP) 属性

| 常规 | 备用配置 |

如果网络支持此功能，则可以获取自动指派的 IP 设置。否则，
您需要从网络系统管理员处获得适当的 IP 设置。

- ⦿ 自动获得 IP 地址(O)
- ○ 使用下面的 IP 地址(S)：

  IP 地址(I)：
  子网掩码(U)：
  默认网关(D)：

- ⦿ 自动获得 DNS 服务器地址(B)
- ○ 使用下面的 DNS 服务器地址(E)：

  首选 DNS 服务器(P)：
  备用 DNS 服务器(A)：

高级(V)...

确定　取消

不管你设置几遍，结果都是做无用功——统统消失。而且不管你怎么卸载网卡重装，不管你怎么折腾，故障依旧。对于这个问题，没有任何轻松机灵的办法解决，网络高手也没辙。

似乎是应了那句老话——"解铃还需系铃人"，对于这个问题，唯一的解决办法就是重装系统。这个问题是在一次有问题的系统重装中发生的，因此，也只有一次无问题的系统重装才能解决它。

重装一次系统后，你会发生这个奇怪的现象消失了。

这可能是一个有点特殊的例子，但里面却隐藏着一个普遍的道理。那就是，当重装系统后却出现一些稀奇古怪的问题，而你用尽了所有的办法排出了所有的可能都不能解决时，可以尝试着再重装一遍系统看看，问题往往就莫名其妙的消失了——正如它那同样莫名其妙的出现一样。

5.3.8 怎样安装系统才能尽量确保安装后的各硬件不会产生冲突

在安装操作系统时，要想尽量确保安装后的各硬件互不冲突，应该掌握这样一个原则，那就是在安装操作系统时，先不要把过多的"高档货"插接到机箱上，比如形形色色的采用 USB 接口的设备——USB 键盘、USB 鼠标、USB 扫描仪、USB 打印机等等，以及另外一些或许采用着其他接口的为普通大众所闻所未闻的东东。

这些东西应该在安装完操作系统后再分别单独安装，这样才更有可能使系统给它们分配适合的中断和其他它们将要用到的资源。

我举个例子吧，比如你有一套高档的微软原装无线键盘鼠标套件（均采用 USB 接口），你很喜欢它们，但在你安装 / 重装系统时却不应该使用它们，而应该使用采用老式的标准接口的键盘和鼠标来完成你的安装。直到整个操作系统顺利运行起来之后，再单独安装那套高档的采用 USB 接口的键盘和鼠标。否则，你的安装就很可能会出现各种稀奇古怪的问题，耗费你大量的精力来查找问题的所在，最终搞得你精疲力竭。

5.3.9 BIOS 设置的是否正确

相当多的时候，BIOS 设置的是否正确直接影响着你的电脑硬件的正常工作与否，以及是否能发挥出硬件的最大作用和效率。但 BIOS 中的绝大多数设置的含义对于普通大众而言都是难以理解的，那么怎么办呢？

很简单，到书店买本专门讲 BIOS 设置的书好好学学，放心，这种书都很薄，通常就是一百多页，甚至只有几十页。看过后，你就会明白原来你的 USB 键盘总是在进入 Windows 后才能使用的原因是因为你没有在 BIOS 设置中开启 "USB 键盘支持" 这项功能所导致的等等诸如此类问题的缘由。

除了通过看书来学习 BIOS 中各项设置的功用外，你还可以通过把 BIOS 中的各项设置的名称都在纸上抄下来，然后上网去搜索这些名称所代表的含义，结果常常会令你获益匪浅，使你和你的电脑具备此前就一直具备却一直没有被你发掘出来的潜能。

5.3.10 螺丝是拧得越紧越好吗

对于电脑中的任何一个需要用到螺丝来固定的设备——硬盘、显卡、声卡、网卡、视频采集卡等等而言，你都不应该把那些用来固定它的螺丝拧得过紧，否则很容易使得作用在这些设备上的应力过大而反而导致某些部分接触不良。比如，如果你把固定网卡的螺丝拧得太紧的话，很容易使得远离螺丝的那头的金手指翘起从而导致网卡的金手指与插槽接触不良而使得网卡不能工作。

但拧得太松也不行，太松的话，会使你在机箱外部插拔插头时把卡晃松，同样也产生接触不良的问题。总之，拧得松紧度要恰到好处。

5.3.11 笔记本电脑的维修——玩得有点大了，老兄。

嘿嘿，别担心。我没打算让你跟笔记本电脑动刀动枪的。我自己也没这技术。

笔记本电脑，看看它的外观，你会得出这样的两点认识：一，这是一个密封得很好的东西；二，台式机里的那一大堆东西被挤进了这样一个小到不可思议的空间里。

当你真正理解了上述两点的含义，你就会明白，它所向你传达的意思就是——真的不要把我打开！

因为你一旦把笔记本的外壳打开，你就会发现里面的东西复杂拥挤得令你难过，同时，就在你打开外壳的那一刻有几个小部件弹了出去，飞到了你家的不知哪个角落，等待数年后的某一天有人重新发现它们。就在你吃惊地望着那几个飞出去的小部件在空中划过的那令人想哭的弧线时，那个小小机箱里所有剩下的部件都像中了邪一样的一点点的膨胀，就像发酵一样，等你再回过头来时，你会疯狂地发现你已经无法再用外壳包裹住这堆膨胀后的小部件了。

所以，我所教你的只是一点点很安全的很简单的对笔记本电脑的维护保养方面的知识。关于延长笔记本电池寿命和清洁笔记本液晶屏的具体做法已经在本书前面的部分中详细介绍过了。这里我只说说如何清洁笔记本键盘下的灰尘。

笔记本电脑最脏的部分就是笔记本的键盘下面，如果不加维护和清洁，这里会聚集起大量的细菌、病毒、头发、灰尘、食品残渣等等各种不讨人喜欢的东西。

保持键盘下面的清洁，是一个要定期进行且长期不懈的工作。我的建议是从使用笔记本的第一天起，就要坚持每月做一次键盘下的清洁。具体方法如下：

1. 把准备好的硬纸剪成名片两倍大小的一张张，然后对折一下——自制的名片。事实上，如果你有不用的名片则直接使用名片效果会更好也更方便。
2. 从键盘上的第一排按键开始，用名片或自制名片的一角细心地在键与键之间的空隙中剔过，在剔的过程中，在每个空隙中踢三遍，第一遍是保持名片垂直的剔过。

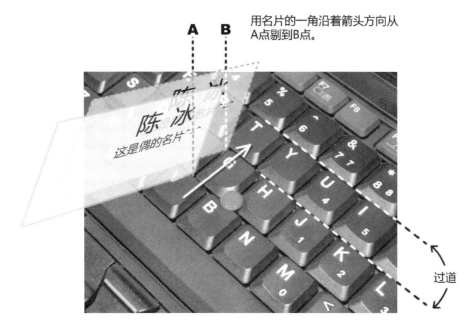

用名片的一角沿着箭头方向从
A点剔到B点。

过道

第二遍是把名片略为向左倾斜后剔过，第三遍是把名片略为向右倾斜后剔过，这样做的好处是可以尽量把遮盖在按键下的脏东西也扫出来。当把一排按键之间的所有空隙都这样剔过后，你会看到有大量多少令你有些反胃的脏东西被扫到了这排按键的"过道"中。现在，该做什么你应该很清楚了，没错，从这排按键的一端起，用名片把过道中的这些脏东西一直推到这排按键的另一端，并最终从那端把脏东西彻底推出键盘，推出笔记本，至此，你就完成了一排按键的清洁工作。

3.　按照步骤 2 所述，一排接着一排地完成整个键盘的清洁工作。

不扫不知道，一扫吓一跳。扫出的脏东西的数量绝对会令你吃惊的。

按照这种方式，每月进行一次清洁，你的笔记本的键盘就会永远保持清洁舒爽。我的上一台笔记本足足使用了八年，虽然去年我已经换了新笔记本，但那台退役的老笔记本的键盘依然光洁如新，秘诀就是我始终坚持用此法清洁键盘下的污垢。

在这里，我要提一件事情，那就是由于我用那台退役的老笔记本写过十几本大部头的书和开发过多款软件了，超过 200,000,000 次的击打不仅已经把我的那台 IBM ThinkPad 的键盘上的好几个键上的字母磨掉了，甚至已经在这几个键上每个都磨出了一个清晰可见的极其光滑的凹槽（因为上图中的照片不是拍的我的笔记本，所以你看不到键上的凹槽☺）。

2亿次击打后的凹槽和清洁的键盘形成了鲜明的对比。它见证了我的写作之路，也见证了我发明的这种键盘清洁方法出色的效果。

5.4　自己解决不了时，给经销商打电话

当你所遭遇到的问题你明显意识到或者经过努力确实证明你自己解决不了时，那就给经销商打电话吧。如果此时距离你买下这台电脑时间还不久，比如不到 7 天或者不到 15 天，则毫无疑问，根据三包政策，你可以相应的要求经销商给你退换机器。如果不幸此时已经超过 15 天了，则你就只能要求经销商给你维修了。

如果事情都能这样，也就不会有矛盾了。问题就是，当你的新电脑在买来后的第 16 天出现问题了，你能甘心这崭崭新新的机器刚买来就开始修吗？事实上，即使是买来后的半年内出现问题，你都是不甘心的，仍然是希望能换个全新的，毕竟是个昂贵的大件商品。说到底，没人愿意修。更何况，我们都有经验，一件商品，永远只能处于以下两种状态之一：

一，买来后就一直没出过任何问题，一直用很多年后，更新换代时把它淘汰掉；

二，买来后不久就出了问题，就开始修，然后就是不断地出各种问题，不断地修，最终气得你不用它了，或是在修修补补中把你折腾了几年最终在身心交瘁后扔掉它。

从来没有过这样一件东西，出了问题后，修好了，然后它就再没有出过问题，没有这样的东西。

现在得到结论了，我们所要求的就是即使在 15 天后出现问题，只要没超过半年，我们仍希望尽量能更换，而不是修。那么，为了达到这个目的，当出现你解决不了的问题，需要给经销商打电话要求经销商上门服务或维修时，你就要注意下面所述的这样一些地方。

5.4.1 打电话的技巧和注意事项

首先，要准备好纸和笔，把每次你给经销商打电话的所有接电话的人的姓名和工号都记录下来。这样，不管以后是要利用媒体的力量还是通过到法院起诉的方式来解决此事，你都可以写出一看上去就很有时间很有人物很有场景的关于此事前前后后的全过程，让人感到你所说的话是可信和有据可查的。更好的方式，是在记录的同时还对电话进行全程录音，没准儿经销商说漏嘴的哪句话以后就会成为你有力的证据。

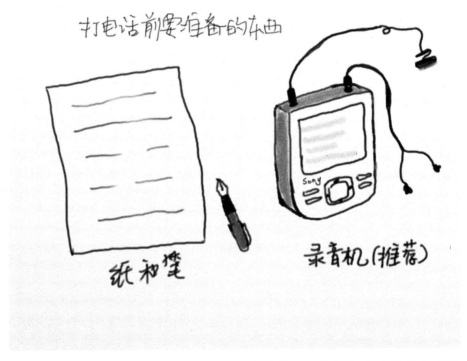

其次，打电话前，务必事先就想好该说什么，该如何表述目前出现的问题和你的要求，你应该把要说的关键点都简单扼要的记在一张纸上，然后边打边看，这样你就不会遗漏下什么重要的东西。

最后，也是很重要的一点是措辞和气势，打电话时，你要理直气壮，因为现在是他们给你提供了不合格的产品才导致问题的出现，心虚的应该是对方而不是你。

5.4.2　打电话之前要阅读《消费者权益保护法》和《产品质量法》

要想做到成竹在胸，要想做到在气势上压倒对方，很重要的一点，就是在你打电话前，要认真阅读《中华人民共和国消费者权益保护法》和《中华人民共和国产品质量法》这两部法。

如果你手头没有的话，可以到书店里各买一本（都是白皮书，薄薄的小册子），也可以从网上下载打印一份。建议你最好是到书店买本，因为网上下载的可能有错误，而法律这种东西，是来不得半点虚假和错误的。

认真阅读后，你会知道哪些条款对你目前遭遇到的这个问题是有利的，在小册子的该页上折角画勾。然后再打电话，如果对方说出某些违反这两部法的话时，你就可以立刻打断他，照着法典用洪亮而不容置疑的声调把他刚才的言语所触犯的那条法律读出来，消法（或产品质量法）的第多少条多少款上是怎么怎么写的，你已经触犯了《中国人民共和国消费者权益保护法》和 / 或《中国人民共和国产品质量法》。对方的气势会立刻被你压制下去，而且知道你不是一个能够轻易打发的角色。

5.4.3　在起诉这家奸商前我首先应该做完哪些事情？

那么，在什么情况下哪怕过了 15 天也能要求退换货呢？有以下这么几种情况：

一，产品有严重的设计问题。这个问题不是在个别机器上出现的个别问题，而是由于产品设计本身考虑不周所导致的。

二，产品的同一问题经两次以上维修仍然不能解决。

三，产品质量有某种程度的欺诈，或是虚假广告误导消费者。这种情况下，你不仅可以要求退换，甚至可以要求加倍赔偿。

如果在你认真的研究过这两部法并仔细的分析过你所遇到的这个具体情况后，你认为你所遭遇到的正符合上述三条中的某一条或者几条，则你就可以在保修期内的任何时间甚至出了保修期后都可以要求退换货。但如果经过和经销商的一次次交涉后，事实证明，你的确不幸地遇到了一位标准的奸商，通过协商已经不可能让你的事情妥善解决时，你该怎么办呢？

到法院起诉他？可以，但起诉这种耗时耗力耗财的事情，不到万不得

已时不要做，在真正把你逼到起诉这步之前，你应该做完另外一件事情——充分利用媒体的力量。

也许你已经想到了这点了，而且你已经在前面的拉据战中把你要到媒体上把这件事捅出去的事情以威胁的口气告诉这家奸商了，但你得到的回答却是——"好吧，去告吧，随你，我等着"。完全一副死猪不怕开水烫的样子，好像这种事情他已经遇到好多次了。

在这种时候，不要被他的这种态度搞得气馁。死猪的确是不怕开水烫的，但很多人并不知道奸商和死猪之间其实有一个巨大的区别——那就是——奸商并不是死猪。他还是怕烫的。而诸凡世上万般事物，唯怕认真二字。

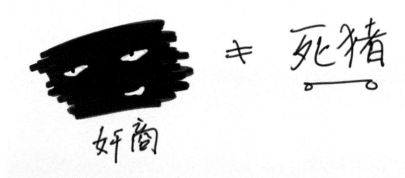

根据你此前做过的那些拉锯战的笔录，认认真真地写好一份详细的事情经过，然后把它发给你能想到的任何媒体，一稿多投，同时，也在你能想到的任何大型的网站和论坛发消息发帖子，用不了多久，总有一家或几家媒体对你的遭遇感兴趣，把你的遭遇刊登在报纸或网站上，甚至扛着摄像机的某家电视台的人都有可能登门来采访你。

在这些新闻和报道播出后，在巨大的媒体和舆论的谴责下，几乎毫无例外的，那家奸商会主动联系你，作为一只被开水烫过的活猪，以令你吃惊的一种想坐下来好好谈谈的态度来和你协商这件事的具体解决办法。

当然，事情总有万一，不排除有极个别经销商在这种情况下还是想碰碰运气。依然无动于衷。这时，你就不得不到法院起诉他了。

5.4.4　不得不起诉了，我应该怎么做？起诉很麻烦吗？我需要请律师吗？

对于没有打过官司的人来说，可能觉得到法院起诉的手续极其麻烦极其冗长，其实这多少有些误解。首先，起诉的过程并不复杂。其次，对于一般商品质量纠纷而言，获得赔偿的时间并不会很长。

我有过两次到法院打官司的经历，其中一次就是起诉一家非常有名的电脑生产商，在此就不点名了。

这里，我来说说起诉的过程。首先，你在电脑上写好起诉书，写明以下四项：

- 原告和被告分别是谁。原告(就是你)的姓名、身份证号、住址、电话，和被告（奸商）的公司名称、法人代表、地址。
- 起诉的缘由。你为什么要和这家奸商打官司。
- 你要求达到的目的。即你希望获得的赔偿。
- 事情的详细经过。详细而清楚地叙述整个事情的全过程。

标准的起诉书的范本你可以在正规的法律网站下载。但有些起诉书范本会说事情的详细经过不用写的太细，简明地写出来就可以。不要听它的，一定要写得很详细，要血肉丰满，这样首先就会给法官一种好印象，而且让他能感觉到这件事情给你带来的伤害和烦恼是具体且真实的。写好后，用 A4 纸打印出来。

写起诉书比点菜复杂得多，心情也差得多，
但想到把这件事情办好你就能拿回钱来，
心情就不至于差到连起诉书也不想写。

　　如果你要起诉的这家奸商就在你所在城市的话，则直接把这份起诉书交到这家奸商所在区的区法院就可以了。有的时候，区法院的权限有限，也许会要求你直接交到市法院起诉，具体的你可以在提交之前打电话问问区法院。去法院提交起诉书的时候，记得带着钱、身份证、以及身份证复印件。要交的钱是你要求的赔偿数额的一个百分比，具体的可以事先打电话向法院询问。

　　如果你要起诉的这家奸商在外地的话，要递交起诉书，你不必亲自去奸商所在地的法院递交，而只需把起诉书以及身份证复印件邮寄到奸商所在地法院即可。在邮寄之间，打电话给法院，他们会告诉你具体要邮寄哪些东西，并且会告诉你一个银行账号，要求你把起诉费汇到这个账号里，具体什么时候汇，法院的人会告诉你的。

　　做完上述这些事情就可以了。这些事情会花费你一些时间，但并不是很麻烦。然后，就是静静地等待，不需要等多久，大概两个周左右吧，法院就会受理你的案件。通常而言，一个月左右，那家奸商就会收到法院的传票，告诉他，他已经被你起诉了，法院定于某年某月某日某时开庭，要他按时出庭，如果到时他不出庭，则将进行缺席审判。

特别著名特别大的奸商，都有自己的律师或法律顾问，收到法院传票后，都会立刻认真地研究一下这个案件，如果研究的结果是他们确实理亏，几乎没有胜算，出庭也是败诉，那么，在这种情况下，有相当大的机会，奸商会私下联系你，希望与你达成庭外和解（通常都是满足你的所有要求或是在你稍作让步的情况下满足你的绝大多数要求），这样他们就免去了开庭时被众多记者采访，然后被更多家媒体报道的不利局面，太没面子了，太有损公司形象啦。通常而言，你会对庭外和解的方式表示满意的。

如果奸商认为他们还有一些赢的机会，或者说他们认为这件事情如果选择庭外和解（也就是意味着你赢了）或是打输了，会给太多用户树立一个"不好的"榜样，则他们就可能会选择出庭和你打官司。在这种情况下，你需要为开庭那天做充分准备。

开庭那天，会有双方进行案件的陈述，然后是双方辩论，之后是法官询问，最后是双方总结陈述。有些人可能以为开庭时必须请律师来为自己辩护才行，其实不是的，律师不是必须的，你完全可以自己给自己辩护（不需要你有律师证的），对于这种商品质量的案件，案例都是很清楚的，只要你认真阅读那两部法，并把奸商到底触犯了哪条或哪几条法律都画勾折页，熟记在心，然后站在对方的角度想想哪些法律条款是对他们有利的，然后琢磨出怎么来反驳他们，做到这几点基本就可以了，你有很多的胜算可以打赢这场官司。当然，是否能赢得官司，除了法律的支持外，还需要一点点运气——遇到一个公正的真正理解法律精神和含义的法官。同样的事情，同样的法律，同样的一场辩论，由不同的法官来审判，出现完全不同的审判结果是可能的。

赢了固然好，但即使输了，也不失为一次人生的经历。有句话不是说吗，特走运的人生只能体会到人生的一部分，不那么走运的人生才能体会到人生的全部。呸呸呸。

5.5 我需要把整台电脑都抱过去吗？不带去整机的好处是？

如果你购买的电脑没有上门服务，而需要你把有问题的电脑亲自送到

维修点才给修的话，则如果你根据前面所述，已经能够判断出是哪个部分出了故障，就不需要把整台电脑都抱过去了，只需把有问题的部件拆下来带过去更换或维修就可以了。当然在打开机箱前，你需要向经销商确认你是否可以自己打开机箱。

5.5.1　显出你明确地知道问题的所在

不带去整机，你就向经销商明确的传达出这样一个信息——你非常清楚地知道问题的所在和故障的部件。这间接地表明你是一个电脑行家，至少不是一个彻头彻尾的外行，这将使对方不敢小觑你。那些用来打发电脑白痴的话将被重新放回肚里。

5.5.2　防止他们擅自给你换件

并不太少见的，一台电脑从维修部拿回后，你会发现里面除了那个出故障的部件被换了或修了外，还有其他意料之外的部件更换。有时是故意的，用一个便宜的部件换了你机器中昂贵的部件，有时是无意的，在测试和检修那个故障部件时，有可能也需要把机器中其他的部件更换，而修好后又忘记把那个临时用来测试的部件给换回来了。

　　另外，在修好了这个故障的同时却又引入了其他问题的情况在任何东西的维修中都不是偶然的情况，少给维修人员一些东西，他们就能少弄坏一些东西，让他们把所有的注意力都集中到那个真正有故障的部件上吧。

第 2 部分

遇到非电脑本身的问题时

所有的事情，在变得容易前，都是困难的。

—— 英国谚语

　　"别跟我提什么风光片了，千篇一律，看都看腻了，给我换一个角度，换一种视角，要那种有全局把握感的。"

　　"如您所愿，陛下。"

第**6**章

我要在网上查某某事物或某某人

我们经常需要在网上搜索某个知识、某个术语、某个答案，某个失散多年的朋友，或者只是一个你挂念的但却完全陌生的人。

在这章中我将教给你一些方法和技巧来完成这些任务，你可以从这些方法和技巧中体会到一种解决问题的思想，掌握这些思想，在执行很多其他任务时你都会完成的更好。

6.1 有个英文术语我拿不准该怎么翻译

大多数时候，当我们在浏览网页时遇到不懂的英文单词时，只需把鼠标往这个单词上一指，金山词霸就会给出一个解释，结果往往都会令你满意。不要告诉我你还没有安装金山词霸哦，那样，我真不知道你这些年来在网上是怎么过来的，如果当真没有安装的话，赶紧去安装一个吧，这东西太有用啦。

但不管怎么说，对于一些英文术语，金山词霸有时就不是那么管用了，尽管金山词霸内置了很多学科和领域的专业词典，对于大多数英文术语都会给出一个较为准确的解释，或至少是某种解释。但也有相当一些时候，金山词霸无法给出一个准确的解释或至少某种解释，那么，在这种情况下，我们该怎么办呢？没错，使用 Google 来搜索这个术语的含义。

但这里有一个问题就是用 Google 搜索出的结果中，对这个术语的解释往往有好几种，那到底哪一种才是正确的呢？

你可以用这种方法来进行判断：假设你要搜索的这个英文术语叫 AAA，在搜索结果中你看到有 XXX 和 YYY 这两种中文解释，则你可以分别用下面两组关键字来进行搜索：

"AAA" "XXX"

"AAA" "YYY"

然后，比较 Google 这两次搜索出的结果的条目数，哪个搜索出的结果条目多，哪个就是正确的解释。有人可能会说，这也太随意太不严谨了吧。但其实，这是一种非常科学的判断方法，因为对于这件事情，你应该这么来考虑，每个人在文章中用到这个术语时，如果不清楚它的正确含义，都是会经过一番研究和调查来进行确认的，这个研究和调查的过程使得他使用了正确解释的概率会更大，因此，你查询出的结果中一定是使用了正确术语的会更多。这就像是在小丫主持的开心词典中，每次答题人使用征求现场观众的意见这种求助方式时，选择多数观众的答案总是没错的，因为不知道答案的人会选择弃权，只有知道答案和自认知道答案的人才会按键，所以相信多数观众的答案几乎总是正确的。

显然，HTML的中文翻译更为大众所接受的应该是"超文本标记语言"。

而且，使用搜索出的结果条目多的解释还有另一个好处就是，这至少可以保证你选择的是更大多数人使用的解释，换句话说，你使用的是一个绝大多数人平时就正在使用的解释，即使万一这个解释不是真正的标准解释，但至少它是绝大多数人都理解和都在使用的那个解释。

6.2　利用校友录来寻找失散的同学

　　经过了这么多年，那些曾经一起学习、游戏过的同学、那些儿时的玩伴、当年的同桌、纯真的爱情，如今已失去了音信。有一天，你会想要找到其中的一个人，也许是突然很想念他 / 她，也许仅仅是好奇，想知道他 / 她现在成为了一个怎样的人。那么，怎么找到他 / 她呢？答案就是——校友录。

　　目前最好最大的校友录就是 ChinaRen 校友录（class.chinaren.com）。

　　你可能觉得难以置信，你怎么就知道他 / 她就一定会来 ChinaRen 呢？答案是——因为这是最大的校友录。如果他 / 她要寻找失散的同学，就肯定会选择这个校友录而不是别的哪个。你可能又会问，你怎么会知道他 / 她也会因为想念你而来校友录上寻找呢？答案是——万有引力。只要你想念着他 / 她，他 / 她也就不会忘记你。我不是在开玩笑。

　　会非常令你吃惊的，如果你要找的这个同学是你的小学（或中学或大学）同学，当你按照校友录的帮助指示找到你当年所在的小学（或中学或大学）并注册后，你多半会吃惊地发现，那个人已经在那里等着你了，而且有他 / 她的详细联系方式☺。

　　即使你有些失望地发现，你当年所在的小学（或中学或大学）还没有同学在校友录里建立班级，你是第一位同学。那也不用沮丧，千万不要转身就离开，而是应该自豪地作为第一人，作为管理员，建立起你的班级，这样后来的同学就不会感到孤独了。然后，只需静静地等待，每隔两个周就来看看，你会发现有同学陆续来了，也许几个月，也许要几年，但总有一天，你等待的那个人一定会出现，因为从你建立校友录的那天起，你就在一点点地吸引着他 / 她了。

6.3 我要到某地去旅行

每次当我们怀着激动地心情制定新的旅游计划时，尤其是自助游而不是选择跟团时，总是希望能够对旅游地点多一些了解，比如，当地有哪些最应该去的旅游景点、有哪些最有特色的旅游商品，各景点之间详细的交通路线是怎样，哪个宾馆既便宜又干净，以及未来几天内当地的天气如何，这些都是我们所关心的。本节中你就将看到如何利用电脑和网络给你的旅行计划提供最直接最有效的帮助。

6.3.1 了解目的地的景点、交通，以及特色商品

每次我去旅行时，都会在网上搜索大量的关于旅行目的地的信息，充分了解当地都有哪些特色的、必看的景点，以及从这个景点到下一个景点都有哪些交通工具和路径，票价是多少，几点发车，每天有几班车，都要搞清楚。一定要找到旅游景点的官方网站，了解最新的信息，如果不放心，可以打电话询问。

把所有你收集到的重要信息（尤其是电话），经过整理后，打印出来，或者手写到纸上。有了这份东西，你的行程会容易和丰富得多。

6.3.2 怎样预订宾馆和了解旅友对这家宾馆的评价

旅游时，找到一个又便宜又干净的宾馆是头等大事之一，尤其对于偶这样的多少有些洁癖的人更是如此，而且，很重要的一点，为了防止"蹲下去之后才发现手里没纸"的窘境，你应该在出发前就预订好宾馆。

要预订宾馆，我可以推荐你两个我本人经常使用的，一个是艺龙（www.elong.com），一个是携程（www.ctrip.com）。这两个网站都可以提供宾馆预订，而且，一个非常重要的好处就是，这两家网站都有一项给宾馆发表评论的功能，就像在当当网上你如果购买了哪本书就可以给那本书发表书评一样。因此，在预订之前，认真地阅读一下这些评论，你就会知道这家宾馆的卫生条件如何、周边环境如何，是否距离火车站太远（不方便）等等。

这是艺龙的：

这是携程的：

ctrip.com 携程旅行网 | 国庆出行 全面**热卖**

简体版 English

首页 酒店 国内机票 国际机票 度假 特惠精选 商旅管理 目的地指南 社区 VIP特约商户 登录 注册 合作卡

预订电话：400-820-6666（免费），400-820-6666（手机）　　订单管理　个人信息　积分奖励　帮助中心

◇ 酒店预定 > 西安酒店 > 西安西大街速8酒店 > 西安西大街速8酒店点评

携程用户评级　　携程用户评级　　房间 3.5分　　环境 3.9分
　　　　　　　　　　　　　　　　　　　服务 3.5分　　用户星级 3.4分

如果您去过西安西大街速8酒店，请在这里点评
西安西大街速8酒店 点评均由通过携程预订并实际入住的客人提供！

查看西安酒店排行

点评者：1377802****　查看1377802****的所有点评　　2008年9月13日　　4.0
价格便宜 预定方便 地理位置在市中心不错 不过房间和床都一般 楼板隔音不好 不如成都的速8

点评者：6061****　查看6061****的所有点评　　2008年8月26日　　4.0
地理位置不错，离鼓楼夜市很近，走几步就到了，走步就到了，旁边还有个夜市逛街。早餐基本都在那解决，旁边还有个很出的的家屎院，估计治安不成问题，尤其是离民航大巴的停靠点很近，其他交通也比较方便，适合旅游者
房间很小，临街的房子比较吵，不能接受的是卫生间的地漏设计有问题，不在最低处，所以每次洗澡，卫生间会有厚厚的积水，也许是我房间的单独问题

点评者：103575****　查看103575****的所有点评　　2008年7月15日　　4.0
单间的窗子太高太小，隔音稍差！但总体来说还不错，干净卫生方便，对面就是鼓楼回民街，交通吃住都很方便！性价比还算不错。

点评者：$河东￥　查看$河东￥的所有点评　　2008年6月17日　　4.0
酒店距离市中心非常近，卫生条件和服务质量比较好！卫生间面积够大，但是房间偏小，不过还可以接收！枕头有点异味，比较不爽；
上还是对得起它的价格；

点评者：1356795****　查看1356795****的所有点评　　2008年5月11日　　2.0
这是第三次住这家酒店了，前两次感觉还行，但是这次的感觉非常差。

现在对这家酒店的映像有，除了位置，其他几乎没有可取之处。

此次最大的问题是网络问题。第一天入住就发觉网络不对劲，打开一个网页基本上要5分钟以上，打电话问前台，被告知网络在维修，需等待的半小时。半小时后发现还不行，再打电话询问，被告知可能是住的人太多，或者有人在下载东西，所以以导致我的网络速度过慢。由于刚到，较累，懒得计较，睡下。

第二天，发现网络跟前一天的情况一样，打电话问前台，被告知，网络正在维修。网管打电话来解释，弄了半个小时，速度正常。使用10来分钟，网页又打不开。再次打电话反映，前台小姐的解释和昨天相同，让等。到第二个半小时问前台再反映一次，我的每次打电话都要回一次，怀疑前台并未与工程部门联系。后无奈的了，问前台小姐大叫，后面再打电话，解释同前台小姐，希望我能理解他们的工作。

至此，不抱任何希望，自己用CDMA无线上网，感觉比酒店的网络快至少3倍以上。原来的几封邮件，发了1个多小时未发出，用CDMA约10分钟搞定。

另外，第一天入住的房间，卫生间气味非常难闻，第二天要求换房，新换的，比原来的精好，但味道仍在，将就了。

退房时，由于早上只是CDMA上网，前台只有一个小姐，看到她是在玩游戏，确信她也看到我来退房了，不过，可能磨不上提出，会被扣分，因此并未理解本人，叫也只是自己几眼，只有干等，待电完成后，安排退房。被耽误至少半个小时，幸好赶到机场还赶得上安检。谢谢前台小姐是叁我手下留情了？

综上所述，以自己不合，也不推荐任何朋友入住此酒店，因为现在这酒店，除位置外，几乎一无是处。

只建议不准备在房间上网，或者可以忍受至少5分钟开一个网页的速度，可以忍受卫生间气味，退房不急（可以在前台等至少半小时以上）的同志入住此酒店。

其他朋友，请三思！

点评者：大鬼妈　查看大鬼妈的所有点评　　2008年5月4日　　5.0
酒店位于市中心，地理位置非常好，吃住行都非常方便，前台的服务员很友好，办理入住手续很快捷，酒店的房间也很干净。有机会下次还会入住。

点评者：Justdoeat!　查看Justdoeat!的所有点评　　2008年4月28日　　4.0
只有一点，酒店的位置是靠路边的，所以出门打的得到路口叫车。

点评者：Justdoeat!　查看Justdoeat!的所有点评　　2008年4月28日　　4.0
地理位置很好，过了钟楼就是东了，购物绝得说，西安各个品牌专卖店面都很大，通常都是两层，东大街靠近鼓楼这边有个五一饭店，五星级的老字号，饭菜做得特别好，价格也不高。
大厦有个新闻旅行社，如果对西安不熟悉的话，可以考虑报个，是停还是自己走，没有时间限制，也不用去自己不愿意去的购物地方。

点评者：1390184****　查看1390184****的所有点评　　2008年4月14日　　4.0
地处繁华地段的小路里，闹中取静，鼓楼，小吃街就在对面。性价比较高

点评者：美年达00　查看美年达00的所有点评　　2008年4月8日　　3.0
缺点：1、4楼的房间卫生间供给不下水没有地漏，水淹金金山的情况多年来都有，到房后1个小时整理不出房间了，很差，与携程反复沟通后才得以入住。3、客房虽然供没有各种针线，虽然提供还是提供了备用品。总之，酒店在管理方面存在严重问题。
优点：1、地理位置非常好，门口有直达市的公交车站，离机场大巴站（美伦酒店）也很近。2、虽然地处北院门附近闹市的对面，但并不临大街，而是在小小的一段步行街里，闹中取静。3、服务态度好。

<<第一页 下一页>>

如果你在这两个网站上没有找到你心仪的宾馆，我强烈建议你还可以找找你所要去的那个目的地是否有那种全国连锁的商务酒店或商务宾馆，这种商务酒店通常都是既干净又便宜的，比如速8酒店、锦江之星、如家等等。不过，目前的商务酒店也很多，在决定去哪家商务酒店之前，也应该多上网搜索一下，多了解和比较一下这几家酒店，比如你可以使用下面的关键字来进行搜索：

锦江之星好还是如家好

充分了解一番之后，你就可以心中有数了，然后给你选定的商务酒店打电话预订就可以了。

6.3.3 Google 地图对我有什么帮助

虽然看起来是件小事，但事实上，一般而言，在你真正到达目的地之前，要想搞到一份目的地的详细地图并不是件很容易的事（当然到达目的地后，你在出站口就可以买到详细的地图），书店里卖的那种书一样厚的全国地图册通常无法有足够的精度（分辨率），而且也很贵，最为重要的一点是，除了其中你需要的那页外，其他的400多页对你都毫无用处。

但很多时候，在出发前，你又的确需要了解（甚至打印）一份目的地的地图，也许是为了看看你预订的宾馆所在的具体位置，其周边到底有些什么东东，距离你要去的几个景点的距离如何，也许只是想看看你要去的景点的具体位置，等等等等。

在这种情况下，Google 地图就是你最需要的东东了，来到 Google 首页，然后点击左上角的"地图"，Google 地图就呈现在你眼前了。在文本框中输入你要查询的目的地的名称，比如你要看一下青岛的一个景点——五四广场——周边的交通情况，只需输入"五四广场",然后点击"搜索地图"按钮，很快，左边就会出现一系列搜索结果，略为浏览一下后，你就可以判断出只有头两项才是真正的青岛的五四广场景点，因为其他的各项或者是"五四广场派出所"或者压根就不在青岛（这也反映了 Google 在搜索上的智能，它总会把最接近你的搜索意愿的结果放置到最前面）。点击搜索结果中的第1项或第2项，右侧的地图区就会显示出以五四广场为中心的大尺度的地图，然后，根据你的需要，你可以拖动地图区左上角的分辨率滑块来设置你需

要的分辨率，往＋号方向拖可以放大，往－号方向拖可以缩小。当拖放到你满意的分辨率时，你就可以好好端详端详了，如果需要的话，还可以打印出来。很方便不是吗☺。

这是默认的"地图"显示状态：

点右侧的"卫星"可以查看该地区的卫星照片（很酷吧）：

6.3.4 上帝之眼——Google 地球

你在好莱坞大片中一定见过这样的镜头，蓝色的晶莹的地球，悬浮在漆黑的太空中，然后，镜头快速拉近，地球迅速变大，向你迎面扑来，原先模糊一片的大陆，正急速的成长，能看到一些细节了，还不等你回味，一个灰点正急剧的放大，开始出现了密集的纹路，那是正在急速放大的城市，城市的区片、细如发丝的街道，已经可以分辨出城市的建筑了，这时，镜头的中央出现了一个小点，那是一个人，镜头变焦的速度骤然下降，现在你看清这个人了，他正在仰着脸对着镜头（安装在间谍卫星上）坏笑。

很酷对吧 ^-^。

以冷静的挑剔的目光审视着、监视着整个地球，每一个角落都不会漏掉，在任何你有所警觉的时刻，从 3 万英里的太空直扑地面，用冷峻的目光扫视这片区域，然后转瞬间又重返 3 万英里的太空，前后不过几秒钟。这是什么感觉？！完全是上帝的感觉！

现在，每个人都可以体会一把做上帝的感觉了。方法就是，使用上帝之眼——Google 地球。

想看看九寨沟的长海是个什么样？

"别跟我提什么风光片了，千篇一律，看都看腻了，我要求换一个角度，换一种视角，要那种有全局把握感的。"

"如您所愿，陛下。"

在 Google 地球中输入九寨沟长海的坐标，气势磅礴的地球遵从您的指令，瞬间耗掉不可估量的能量扭转了一个角度，将九寨沟的长海放到了陛下您的视野中央，然后以迅雷不及掩耳盗铃之势从太空直扑长海。啊，原来长海就是这个样子啊！不错，有点意思。卢浮宫！您的这一个命令又报废了五颗小行星（陛下，悠着点哦），几万英里的距离，两秒钟内飞渡，直扑卢浮宫屋顶！

这就是你能通过 Google 地球得到的体验。任何时候，只需输入你想看的地点的坐标，就可以从太空直扑下去，看看哪里到底是个什么样？金字塔的顶端是个什么样子？北京城从高空看是个什么样子？都说太空中能看到长城，到底能不能看到？那些军事基地？嘿嘿。塞班岛到底是个什么样子？还有马尔代夫，到底有多少个小岛子啊？全都是你没见过的，只有在

上帝之眼——Google 地球中才能见到。

6.3.4.1 如何使用 Google 地球

Google 地球的安装和使用都非常简单。

首先，你需要到 earth.google.com 上下载 Google 地球的软件。来到 earth.google.com 页面上，点击页面的左边的 Downloads，然后点击 Agree and Download 就可以下载了。

下载完毕后，双击下载的客户端安装文件，Google 地球就会安装到你的电脑中，并会在桌面上放置一个 Google 地球的图标。双击它，就可以启动 Google 地球啦。

启动后的画面是这样的。

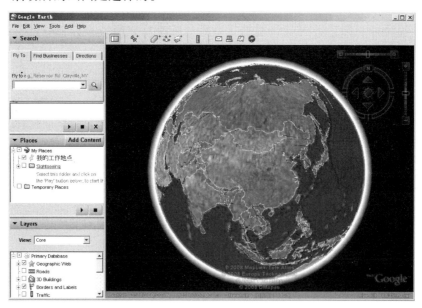

在左侧的 Fly To 中输入你想要查看的目的地的坐标，然后上面所描述的情景就会在你眼前呈现了。

屏幕右上角的有几个很好用的控制滑块，可以用来旋转地球，以及放大和缩小地球，以便你能够从 3 万英里的太空直扑地面。

当然，你也完全可以不输入任何坐标，只是随心所欲地转到某个角度，然后就拖动滑块不断地放大，直到看清地面的景物，看看这片你还不了解的区域下面到底有些什么东西。

很多人喜欢在 Google 地球上寻找自己家的屋顶，你可以尝试一下，很有可能就会找到哦☺。

下面我就以在 Google 地球上找一下我曾每天去上班的清华大学出版社所在的大厦——学研大厦为例来带你体验一下上帝的感觉。

1. 首先，我们在 Fly To 中输入 beijing，然后按回车键。随着回车键的按下，你从距离地球表面近 7000 英里处的外太空开始直扑地球，你眼前的地球开始气势磅礴的转动并急剧放大，两秒钟之后，你悬浮在北京上空 132 英里处的近地轨道。

2. 现在，我们要进一步降低观测的高度，请把屏幕右侧的缩放条向上方拖动。

　　随着你的拖动，你会看到地面不断地放大，放大，再放大。现在可以看到故宫了。

　　你肯定已经注意到了，屏幕上有很多蓝灰色的小方块，这些小方块是官方（或经官方审核确认）标注的一些地面物或位置的名称，这些小方块可以更好的帮助你明确"现在你到哪儿了"。比如下面鼠标箭头所指的这个小方块就显示出"Wu Men"，告诉你这个小方块所标注的位置就是故宫的午门。

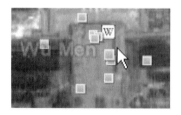

　　另外，你可以在屏幕的右下角看到你现在所在的高度，比如，现在我们就正在故宫上空 4984 英尺处。

3.　我很清楚清华大学位于故宫的西北偏北方，所以我现在要向目前所在位置的左上方"飞去"，做法就是在屏幕上按下鼠标，然后向

右下方拖曳鼠标。在搜索的过程中，你可以不断地根据那些小方块来定位，这对你的高空扫描式搜索会非常有帮助。

啊，终于找到学研大厦了。看，就是它：

看不太清？那我们就再放大些：

位于屏幕正中央的这两座成直角的建筑就是学研大厦的 A 座和 B 座。我每天就在 A 座里上班。很好玩也很酷对吧。

关于 Google 地球的更多使用技巧和方法，大家可以自己认真阅读 Google 地球的帮助，在网上也能找到很多 Google 爱好者写的有关使用技巧的文章，我就不多说了。

6.3.4.2 一些你可能感兴趣的旅游景点和地理位置的坐标

在这里，我只给出一些你很可能感兴趣的目的地的坐标，你可以直接输入到 Google 地球的 Fly To 中（然后按回车），看看这些耳熟能详的地点从上帝的眼中看去是怎样地。

旅游景点（国内）：

贺兰山	38° 37'51"N 105° 50'52"E
西夏王陵	38° 26'16"N 105° 59'16"E
青铜峡	37° 53'27"N 106° 00'11"E
大武口森林	39 04 30,106 22 26
石空寺	37 32 11,105 33 30
沙湖	38 48 44,106 21 25
水洞沟遗址	38 17 32,106 30 25
明长城	38 07 36,106 58 21
八达岭	40° 21'15.41"N,116° 00'24.21"E
须弥山石窟	36 16 36,105 59 00
秦长城	36 02 05,106 13 57
新石器遗址（一）	35 34 06,105 53 19
新石器遗址（二）	35 36 40,106 00 22
老龙潭	35 23 11,106 19 52
海原地震遗址	36 36 33 105 29 27
九寨沟	33° 10'00"N 103° 53'00"E
珍珠滩	33° 10'05"N 103° 53'09"E
五彩池	33° 03'34"N 103° 55'37"E
九寨沟长海	33° 02'34"N 103° 55'54"E

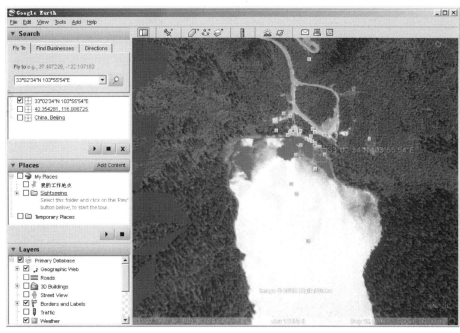

乐山大佛	29 32 39,103 46 17
康定	39°03'09"N 101°57'33"E
大足	29 42 15,105 42 20
峨眉山	29 31 52,103 20 24
夹金山	30 37 09,102 05 19
泸定桥	29 54 52.39 102 13 48.61
贡嘎雪山	29°34'00"N 101°53'31"E
海螺沟	29°35'13"N 102°01'11"E
贡嘎冰川	29°34'28"N 101°55'41"E
四姑娘山（一）	31°07'13"N 102°54'11"E
四姑娘山（二）	31°06'52"N 102°51'55"E
都江堰	31°00'00"N 103°36'28"E
三星堆	31°00'05"N 104°10'40"E
陕西西安	34°15'39"N,108°56'32"E
秦始皇陵	34°22'53"N,109°15'13"E
秦兵马俑	34°23'06"N,109°16'23"E

中国大地原点　　　　　34 32 00,108 55 00

壶口瀑布　　　　　　　36° 08'00"N,110° 26'43"E

西岳华山　　　　　　　34° 28'38"N,110° 06'42"E

珠穆朗玛峰　　　　　　27° 59'17.60"N, 86° 55'28.68"E

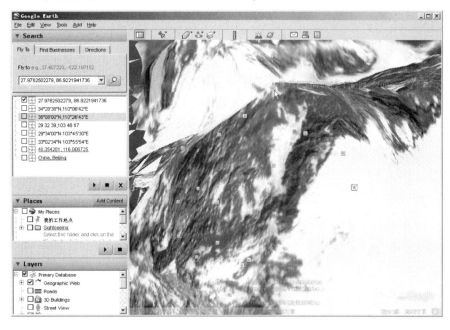

太白山	33° 59'44"N,107° 48'25"E
三峡	30° 50'45"N 111° 01'27"E
香格里拉松赞林寺	27° 52'5.10"N, 99° 41'52.20"E

旅游景点（国外）

美国科罗拉多州谷物迷宫	40° 17'52.88"N 104° 45'37.05"W
麦田怪圈	53 31'54.33N,1 21'22.63W
英国的巨石阵	51° 10'44.32"N,1° 49'43.38"W
秘鲁纳斯卡平原巨画（一）	14° 41'11.61"S,75° 10'23.26"W
秘鲁纳斯卡平原巨画（二）	14° 41'45.39"S,75° 10'35.48"W
Miyake-Jima 火山岛	34.0833816528, 139.528656006
胡夫金字塔	29° 58'33.22"N, 31° 7'49.29"E
古罗马大竞技场	41° 53'24.32"N,12° 29'31.16"E
印加遗迹马丘比丘	13° 09'48.07"S,72° 32'44.69"W
德国科隆大教堂	50° 56'29.57"N 6° 57'30.58"E

　　在一些著名旅游景点处总会有大量的小方块，其中很多都是摄影爱好者拍的此处的照片然后上传到 Google 地球的（会经过审核），点击这些小

方块你就能看到这些照片，但很多时候这些小方块太多了，密密麻麻的，严重影响了你作为上帝的感观，因此，很多时候你会希望隐藏这些小方块，很简单，只需取消上图中鼠标指针所指处的这个复选框就可以了，下图就是隐藏了小方块后的科隆大教堂，清爽多了吧。

雅典卫城	37° 58'18.87"N,23° 43'32.81"E
大阪城	34° 41'16.16"N,135° 31'29.36"E
乞力马扎罗雪山	3° 3'53.24"S,37° 20'56.85"E
凯旋门	48° 52'26.79"N,2° 17'42.66"E
凡尔赛宫	48° 48'17.76"N,2° 7'18.24"E
巴黎圣母院	48° 51'11.39"N,2° 20'56.95"E
卢浮宫	48° 51'39.74"N,2° 20'9.26"E

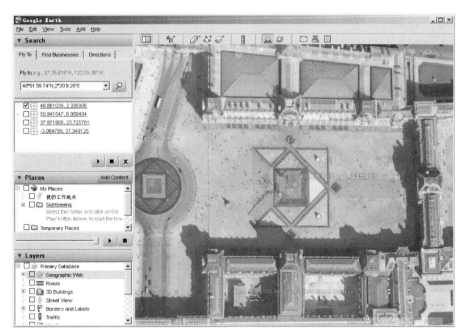

| 埃菲尔铁塔 | 48° 51'29.54"N,2° 17'40.19"E |
| 自由女神像 | 40° 41'21.48"N,74° 2'40.38"W |

世贸中心双子星大厦遗址　　40° 42'42.19"N 74° 00'44.45"W

帝国大厦	40° 44'54.74"N 73° 59'10.88"W
红场和克里姆林宫	55° 45'08.86"N 37° 37'23.05"E
埃及狮身人面像	29° 58'30.93"N 31° 8'15.65"E
海参崴	42.8689845164N, 132.517761198E
大三角图案	37° 39'56.22"N116° 1'30.90"W
里约热内卢耶稣山	22° 57'5.72"S,43° 12'36.65"W
艾雅斯岩	25° 20'50.49"S 131° 2'2.68"E
勃兰登堡门	52° 30'58.74"N 13° 22'40.15"E
美国亚利桑那州飞机墓场	32 09'12.89"N 110 48'41.43"W

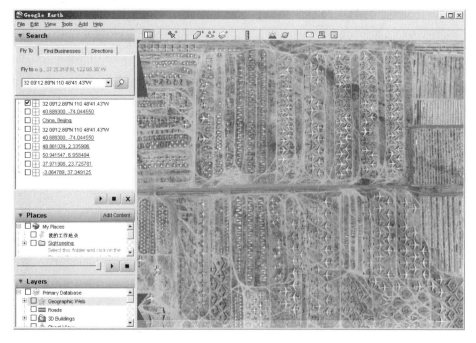

除了上述这些坐标外，你在网上还可以找到大把大把的坐标，闲来无事时，体会一下在地球上飞来飞去的感觉还是很惬意的，而且还可以增长很多知识。

Google 地球有三个版本，分别是：免费版本，也就是我们绝大多数人使用的这种；Plus 版本，每年支付 20 美金才可以使用；Pro 版本，每年需付 400 美金。

很多人都认为付费版本看到的图像会更清楚，这是关于 Google 地球的最大的误会。事实上，不管是 Plus 版本还是 Pro 版本，它们所增加的只是一些线条／多边形绘制、GPS 导航、面积计算等等这样的功能，但三个版本的全球地貌影像与 3D 数据都是一样的，因此，你用免费版本看到的图像和用付费版本看到的图像是一样清楚的，并不像很多人认为的那样，付费版本看到的图像更清楚。

另外，还有一点要说明的是，在 Google 地球上你所能看到的不同地区和不同地点的清晰度（分辨率）是不同的，这是因为卫星扫描和采集地面数据时，不会对所有的地区都进行高分辨率扫描，而是按照一定的原则来进行扫描，即，越是重要的地区扫描的分辨率越高。因此，城市的分辨率要高于乡村，著名景点的分辨率要高于普通景点，知名地点的分辨率要高于无名地点的分辨率。因此，如果你家在大城市中，则你完全可以在 Google 地球上找到你家的屋顶，但如果你家在中小城市，或是在农村，则很有可能因为分辨率不够，而无法找到你家的屋顶。

6.3.5 了解你要去的那个地方未来 14 天的天气情况

在做旅行前，了解旅游目的地的未来的天气情况是很重要的，如果你的旅行计划只是两天内的短途，那么走之前看看中央台的天气预报就可以了。但如果你要做一次四天以上，甚至十几天的长时间旅行，该如何才能获得足够长天数的天气信息呢？

有一个网站可以满足你的这种需求，它就是天气在线（www.t7online.com）。

那么，怎么使用它呢？我举个例子。假如你在北京，想到青岛旅行，需要查询青岛未来多天的天气。那么，首先你来到天气在线的首页，然后点击"中国大陆"，点击页面左侧的"山东"，然后点击页面右侧的"青岛"，此时，青岛未来三天的天气情况就会显示在页面上，但你要在青岛多逗留些日子，想查看未来 14 天的天气，那么点击"预报"，然后点击"14 天"，点击"现在开始享受有偿在线气象服务"。然后，在弹出的页面中输入你事先购买的"登录密码"。

啊？！花钱？难道这不是免费的？！理解吧，兄弟，确实需要破费些才能享受 14 天天气预报服务，但这里是你能找到唯一一个提供未来 14 天

天气预报的服务了，如果你确实需要这项服务的话，就只能在这里购买了。会费分为两年会员、年度会员、半年会员、月会员。月会员（也就是说只能享受一个月的天气服务）是60元，勉强还可以接受。以前还有一种2元钱只能使用一次的那种服务（这种服务对我们一般人来说其实是最合适的，很值，我就用过很多次），但现在没有了☹。

不过令人高兴的是，这个网站现在免费提供未来7天的天气预报了，这对于一般的旅行来说足够用了。

	9月23日 星期二	9月24日 星期三	9月25日 星期四	9月26日 星期五	9月27日 星期六	9月28日 星期日	9月29日 星期一
最高温度（°C）	21°C	16°C	22°C	21°C	21°C	22°C	22°C
最低温度（°C）	17°C	11°C	11°C	11°C	10°C	9°C	12°C
上午							
下午							
晚上							
午间风向 蒲福级	南 2	西南 2	西北 2-3	西南 2	南 2	南 2	东南 2

此外，这个网站决不仅仅只是提供刮风下雨这些普通的天气信息，它还提供湿度、能见度、风、云、天文地理、当地气候回顾等等各种天气信息，而其中对我而言最有用的则是天气实况中的气压这一项，它会给出实时的海平面气压。

天气实况：北京

书签

当地时间 20:00 = 北京时间 20:00	海平面气压（hPa）	变压
9月22日 20:00	1015	+ 4,2
9月22日 17:00	1011	+ 2,5
9月22日 11:00	1008	+ 0,6
9月22日 08:00	1007	+ 1,2

温度 　湿度/能见度　降水　云　风　气压　雪

© 天气在线　　　6 小时　　每小时

预报　天气实况　回顾　气候　水　天文地理　网眼摄像

每次出去旅行前我总是使用这个海平面气压来校准我的 Suunto 表的海平面气压，因为 Suunto 表的海拔高度功能就是基于气压的变化来计算的，所以只有校准了海平面气压，我才能在爬山时准确地知道我现在爬到多高了。这个气压信息实在是太好了。

补充：在我写作这本书时，我只找到了天气在线这一个好的气象信息网站，但在我写完这本书时，我又发现了另一个非常棒的气象信息网站，而且绝妙的是，这个网站还免费提供未来 14 天的天气预报，它就是 www.accuweather.com。要查询任何一个城市的天气，只需要在 http://www.accuweather.com/world-city-list.asp 这个网页上的 Go To your Cookied Location 文本框中输入你要查询的城市的汉语拼音，然后按回车就可以了，就像下面这样（本例是查询青岛的天气）。

立刻地，你将看到青岛的天气信息。

要想查看未来 14 天的天气，只需点击上图中的 "All 15 Days"。

对不重要或无所谓的网站使用这样的密码：
12341234

对重要的网站使用这样的密码：
j3s7b2g1

解释：这个密码是取"就是不管三七二十一"的首字母，并把数字穿插到字母中得到的。

对在线支付的帐号使用这样的密码：
xcdwdMMZMB20081006

解释：这个密码是取"想猜到我的密码做梦吧"的首字母，再加上某个对你有意义的日期得到的。

"这座城市的中央计算机告诉你的？R2D2，你不该相信一台陌生的计算机！"

——C3PO，星球大战中的翻译机器人

第 **7** 章

在浏览网站时要注意什么

跳伞时最要注意的一件事情是确认你背在肩上的不是登山包。而浏览网站时最要注意的是两件事情：一件是当网站要你留下个人信息时要慎重，另一件是不要访问很可能会含有病毒的高危网站。

里面除了降落伞，什么都没有

伞包

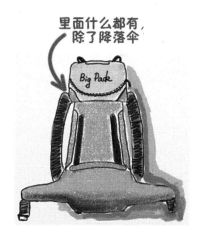

里面什么都有，除了降落伞

登山包

7.1 百分之九十九的病毒是在浏览网页时感染的

凡是如本书前面所述安装了好的杀毒软件的朋友都会有所体会，访问网页时，经常会收到杀毒软件即时弹出的消息框，告诉你发现了某某病毒，没错，这个病毒就是你正在浏览的网页传染给你的电脑的。99%的病毒都是在浏览网页时感染的。因此，尽量不要去访问那些声称会免费提供给你特别想要的那些显然本该花钱买的东西的网站，以及那些很黄很暴力的网站。

7.2 是否要相信网上那些免费注册

现在，网上有很多这样的网站，他们声称会免费提供给你某些东西或服务，最具代表性的就是那些电影和色情电影下载网站。他们总是声称注册是完全免费的，而且你可以试看一天，如果对下载的影片质量和速度不满意，只需取消注册就可以了，一分钱不扣。免费注册的过程也非常简单，只需在一个页面上输入你手机号码，然后点击"发送"，你的手机就会收到一条短信，里面有一个确认码，然后你回复这条短信确认一下即可。

是的，一点没错，一旦你回复短信，你的手机中的余额就会被扣光。永远都不要相信他们，注册绝不是免费的，一旦你回复短信确认，你的手机中的余额就会被扣光，你的全球通下个月的账单将是惊人的。绝对的。而且，更加令你伤心的是，在你终于获得了注册码，期待在他们的网站上能下载一些真正够劲儿的东西时，你会震惊地发现他们的网站里没有任何内容，是的，完全是空的，除了一个让你注册的页面，以及一个三天前吃过的方便面残骸。

7.3 如何保护隐私和只有傻瓜才使用的密码

要在网上保护你的隐私，要做到两点：一，除非绝对必要，否则决不要随便填写上你的家庭住址、手机，以及你的真实的身份证号码；二，对于不重要的网站和重要的网站，要使用两个不同的密码。

不负责任的网站不会妥善保密你的手机号码，甚至会主动的出售你的手机号码给那些房地产开发商、卖保险的、卖汽车的人等等等等。对于所有不重要的网站（比如各种论坛）使用一个共同的密码，对于所有重要的网站（比如你的业务邮箱）使用另一个共同的密码。不要对每一个网站都使用一个不同的密码，那不会提高安全性，而只会把你自己搞乱。

　　对于涉及在线支付的网站，在为在线支付账号设置密码时应使用一个与上述两个密码都不同的密码，这个密码应该足够长，至少要达到 12 位，而且既要包含大写字母，也要包含小写字母，还要包含数字。

对不重要或无所谓的网站使用这样的密码：
12341234

对重要的网站使用这样的密码：
j3s7b2g1

解释：这个密码是取"就是不管三七二十一"的首字母，并把数字穿插到字母中得到的。

对在线支付的帐号使用这样的密码：
xcdwdMMZMB20081006

解释：这个密码是取"想猜到我的密码做梦吧"的首字母，再加上某个对你有意义的日期得到的。

　　不要使用你的生日、你的用户名、123456、654321、888888、你的电话号码、你的名字的汉语拼音、你的名字的拼音缩写等等特别容易让人猜到的东西作为你的密码，除非你要使用的这个密码真的是用在一个极其无关紧要的地方，即使别人破解了也无法获得任何有价值的东西。

&打字

　　事实上，我并没有期待什么，我只是按照我希望的方式去使用，而这就是使用它的正确的方法。

第 **8** 章

收发电子邮件和打字的好方法

也许有人觉得这章的内容真的有点小儿科了，也许的确是这样吧，但我十几年来收发电子邮件一直使用的都是 Outlook Express/Windows Mail，打字则一直使用的都是微软拼音。它们真的太好用了。在我看来，还没有能超越它们的，所以我希望那些还没有用上这两样东西的读者尽早用上它们，你会非常喜欢它们的。

8.1 用 OE/WM 收发电子邮件的好处

OE 是 Outlook Express 的简称，WM 是 Windows Mail 的简称，它们其实是同一个东西，只不过在不同的 Windows 版本中叫着不同的名字。在 Windows 2000/XP/Server 2003 中它叫 OE，在 Vista/Windows 7 中它叫 WM。

用 OE/WM 收发电子邮件有两个最大的好处：一个就是在一个 OE/WM 中你就可以收取你所有的电子邮箱中的邮件，另一个好处就是你的所有邮件都会被保存在你的电脑中，而不是被保存在电子邮件服务器上，这样你查询邮件时就会方便很多。

根据我的了解，一些电脑门外汉和新手（尤其是很多中老年人）每次写邮件和收邮件，都是登陆到邮箱网页上（比如 www.126.com），输入用户名和密码，然后在网页中收取邮件和撰写邮件。有些人因为种种原因（比如，有的电子邮箱不能收到发自另一些电子邮箱的邮件），会注册好几个免费邮箱，然后每次都要挨个登陆所有的电子邮箱网页，一遍遍地输入用户名和

密码，才能看完所有的电子邮箱中的邮件。有的时候，网速较慢，这种方式会耗费大量的时间，让人烦不胜烦。

那么，有没有简单快捷的的方法呢？

当然有，答案就是使用 OE/WM。

使用 OE/WM，你可以一次收取你所有的电子邮箱中的邮件，而且，除了设置时需要输入一次用户名和密码外，以后收取邮件时就不必再输入用户名和密码了。

下面，我来详细说一下 OE/WM 的使用方法：

我正准备开写，可又一想，我为什么要重复发明轮子呢？网上有大把大把的教你如何使用 OE/WM 的文章，你只需上网搜索一下就可以找到很多。这正是一个检验你的基本的搜索技能的时候，所以在这里，我就不写了。

所有以前没有尝过 OE/WM 的甜头，看了这节内容后，上网搜索出 OE/WM 的使用方法，并开始成功使用它的读者请来信告诉我。我会为你的成功高兴的。

只有两点要说明一下：一是有些免费邮箱（比如，在我写这本书时的雅虎免费邮箱）的邮件无法用 OE/WM 来收取，因为要用 OE/WM 来收发邮件，需要邮箱支持 POP3 功能。二是如果要用 OE/WM 来发邮件，你需要在 OE/WM 中选中"我的服务器要求身份验证"。具体的设置方法你可以在网上搜索到的那些方法中找到。

8.2 最简单最快速的输入法——微软拼音

这里所说的最简单的最快速的输入法，是基于我个人的感受。因为我最早使用的输入法是智能 ABC，后来无意中邂逅了微软拼音，这种在当时极具突破性的整句输入的创新设计完全地彻底地征服了我，从此就一发不可收拾地爱上了微软拼音。

它的界面非常的简洁，只有这么短短的一小条：

而功能却强大到足以满足你的（至少是我的）所有要求，其最经典的就是它那无比流畅无比智能的整句输入，你只要一个劲儿的不停的输入你想要打出来的话就可以了，你会发现微软拼音自动把正是你所需要的那句话显示了出来，而那些同音的其他字却会自动被过滤掉，简直帅呆了。

看一下正用微软拼音打字的状态吧：

感谢上帝，这正是我要找的 shurufa

1 输入法　2 输入　3 书　4 数　5 输　6 属　7 舒　8 术　◀ ▶

我不想一一的说明微软拼音的优点，我只想说一句，那就是我后来尝试过拼音加加、搜狗拼音、谷歌拼音，尽管它们各有各的长处，有些长处的确也令人刮目相看，然而，最终，它们都被从我的电脑中卸载了，我依然、总是、唯一使用的输入法就是微软拼音，它的每一个细小的设计都符合我的期待，事实上，我并没有期待什么，我只是按照我希望的方式去使用，而这就是使用它的正确的方法。

我不想过于武断，因此，我在这里可以透露另一个消息，我的爸爸和妈妈都更喜爱搜狗拼音，声称他们用搜狗拼音比用微软拼音打字快得多，总是只需打出一个字的第一个字母这个字就出现了。我在这里要透露的另一个消息是，我的爸爸妈妈打字都不快，所以或许对于打字不快的人，搜狗拼音的设计比微软拼音更为人性化。

具体哪种更适合你，你可以分别安装上尝试一下。

图书畅销榜

文学类　健康类　科技类　少儿类

　　真正认真负责的作者对待自己的书是一丝不苟的，不会有任何一页是敷衍的，每一页都是深夜孤灯下的思索，每一句都是智慧凝聚的言语，每一字都拥有深邃思想的基因。

第 **9** 章

如何选购电脑书

没有一本书可以涵盖所有的知识，即便是你手中的这本最有用的《电脑使用说明书》也做不到，但正如当你有了一个好用的指南针并学会了看地图的方法后，就没有哪个旅游景点能够难倒你了一样，在你有了《电脑使用说明书》，并掌握了选购电脑书的最佳方法后，就再也没有什么电脑问题能够困住你了。

本章中我就将把我 12 年软件开发经验、10 年写书经验、4 年计算机图书策划编辑经验所总结出的关于如何选购电脑书的全部经验传授给你。

9.1 首先，查看各大网上书店排行榜

在这里，我以假定你想要购买一本 Flash 编程方面的书为例，向你展示选购图书的全过程。也许你不太清楚什么是 Flash，很简单，你在网上看到的那些动画片 99% 都是用 Flash 这款软件制作的。那么，Flash 编程又是什么意思呢？要制作带有交互功能的 Flash 动画（比如你点击 Flash 动画中的一只小狗，它就会冲你摇尾巴），就需要涉及到编程知识。而现在，假定你想要学习 Flash 编程知识（Flash 中的编程语言叫 ActionScript），那么，如何选购出一本这方面的好书呢？

首先，就是要查看著名网上书店的销售排行榜。上了排行榜的书，自然表示买的人多，而群众的眼睛是雪亮的。有排行榜的网上书店很多，但对于计算机图书，考虑到全面性、考虑到排行榜的细分性，考虑到搜索的

便捷性，我建议你查看下面两家网上书店的排行榜：

当当网：www.dangdang.com

互动出版：www.china-pub.com

在当当网上，你只需先在"请选择分类"中点击"图书"，然后在"商品搜索"栏里输入 Flash，然后点击"在图书中搜"即可列出所有书名中包含"Flash"字样的图书。我们可以看到，排在前三名的分别是"Flash ActionScript 3 殿堂之路"、"Flash ActionScript 3.0 动画教程"、"Flash 网站建设技术精粹"这三本书。

　　我们再上互动出版网看看这三本书在互动上的排名是怎样的。来到互动出版的首页，点击左侧的"计算机 & 通信书店"→"计算机书店"，点击页面上方的"排行"，然后点击左侧"细化分类"中的"图形图像、多媒体、网页制作"，之后继续点击左侧的细分类目中的"Flash"，这时首先显示出的是近 7 日的排行，这个排行没有太大意义，我们需要了解更长一段时间来的销售情况，因此，点击"近 365 日排行"。在这里，我们可以看到前面那三本书的排名分别是第 1、第 2 和第 5。

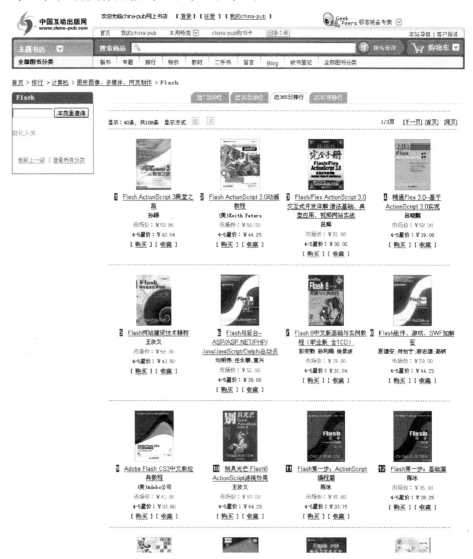

这表明这三本书在全球最大的中文网上书店（当当网）和中国最大的计算机图书网上书店（互动出版）上都有不错的销售成绩。因此，你可以把这三本书作为你的候选图书。

在这里，我还要补充一下，上面所说的步骤是我在写这本书时这两个网站所呈现的样子，当你实际访问这两个网站时，这个查阅排行榜的过程可能会有变化，但宗旨都是一样的，就是首先用你想要学习的那个知识或那个软件的名称作为关键字来进行搜索或是一步步导航到所需的细分类目，然后查看在一个较长时间内的销售排行榜。

9.2 接下来，多看看几家网上书店对这本书的书评

我们已经有了三本候选图书了，现在应该多看看几家网上书店上的读者或网友对这几本书的书评。看看大家对这些书的评价，对你了解这些书的内容和质量到底怎样，是非常重要的。但这里有个问题，就是不排除有些人随手或者因为某些原因而故意发布不符合事实的书评。那么，如何鉴别书评呢？哪家网上书店的书评最有价值呢？答案就是——当当网。

因页面太长，此处裁掉一部分。

为什么当当网的书评最有价值，因为当当网是只有真正购买了这本书的读者才能够发表书评的，而不像互动出版、华储等其他很多网上书店那样，任何人都可以随意地发表书评。

当然，作为参考，你可以多看几家网上书店对你作为候选书的几本书的书评。我一般会查看下面几家网上书店的书评：

当当网：www.dangdang.com（最有价值）

互动出版：www.china-pub.com（参考价值）

卓越亚马逊：www.amazon.cn（参考价值）

9.3　然后，到书店实际地认真地看看这本书

在看过多家网上书店的书评，进一步了解了读者或网友对你选出的候选书的评价后，对这几本候选书各自的长处、短处、内容，以及作者的实力，你心中应该基本有数了。

现在，是到了真正到书店里实际地认真地看看这几本书，做出一个购买决定的时刻了。那么，到了书店后，你最应该审视一本书的哪些地方来判断一本书的内容和质量呢？很简单，你只需看看书的封面、仔细地阅读一下前言和目录，并认真地阅读书中任意两页的内容就可以作出判断了。

为什么这么说呢？因为，封面，是一本书给你的第一印象。好书必然会有一个好封面，这就如同所有优秀的产品都有一个赏心悦目的外观一样，你能想象一台外观设计的很差的电视机其内在的质量会很好吗？诸凡世上事物，都是内外统一的。此外，一本书的封面是由这本书的策划编辑定夺的，尽管这个封面通常不是由策划编辑自己来设计（当然也有例外），而是由出版社的美编或策划编辑自己找的社外平面设计师来设计的，但最终决定采用哪个封面，却总是由策划编辑决定的，能选出一个拙劣封面的策划编辑，你能期待他对书的内容有较高的品味吗？

再来说说前言和目录，前言是这本书的作者对他的读者在阅读书的内容前想要说的话，仔细地阅读一下前言，如果你体会到了作者的灵魂，感受到了作者的思想与态度，那么，这至少说明这本书的作者是用了心血的，是将自己的情感注入到这本书里的。反之，如果前言中只是一些官话、套话，

只是一些虚无飘渺的东西，那么，毫无疑问的，这本书只是一本剪刀浆糊的作品。

目录，是一个需要被极为认真对待的地方。虽然通常只有短短十几页，但却是在短时间内让读者领略一本书的全部内容的唯一方式。如果一本书的目录被草率的对待，就表示作者和这本书的策划编辑并不在意读者是否能够从目录上看到书中的全部内容，你不能指望这样的作者和策划编辑的手中能产生好的作品。那么，什么样的目录才是好的呢？

首先，是要具有充分的描述性，读者应该能够从目录的标题上清楚地知道该标题所指的内容是什么。其次，目录要有足够的细度（粒度），一般来说，目录层次越多分得越细的书其内容也会更好，比如，讲解同样内容的两本书，一本书只有章、节、小节三级目录，而另一本书则有章、节、小节、小小节四级目录，则后一本书的内容通常会更好一些。当然，包括小小节的小节不应该过多，因为太多的四级目录也会让读者眼晕。

认真地阅读书中的任意两页，是因为真正认真负责的作者对待自己的书是一丝不苟的，不会有任何一页是敷衍的，每一页都是深夜孤灯下的思索，每一句都是智慧凝聚的言语，每一字都拥有深邃思想的基因。因此，认真地阅读书中的任意两页，你就可以判断这本书是不是一本好书了。

9.4 最后，看这本书是否配光盘，记得要光盘

看到这里，我想你应该已经选定了你满意的书，现在，看看书的封面、封底，或是前言，看看上面是否提到本书配有光盘，如果有的话，记得在付款后向店员索要这本书的光盘，十个人中有三个人都会忘记索要光盘，直到回家阅读时才发现。因此，一定不要忘记索要光盘。